あおば鰹《がつお》

料理人季蔵捕物控

和田はつ子

時代小説文庫

角川春樹事務所

目次

第一話　振り袖天麩羅

一

「あさり――しーじーみーよぉーいっ、あさり――むきみよぉーい」

明け六ッの鐘が鳴り終わるのを待ち兼ねたように、ここ銀杏《いちょう》長屋にもあさりやしじみを売る豪助《ごうすけ》の声が聞こえてきた。豪助は猪牙舟《ちょきぶね》の船頭だが、朝に限って、あさりやしじみを売り歩いている。

竈《へっつい》で飯が炊けるのを待っていた季蔵《としぞう》は、ちょうどだしをとり終えたところだった。

季蔵は近くの木原店《きはらだな》にある料理屋〝塩梅屋《あんばいや》〟の二代目である。大身《たいしん》の旗本鷲尾《わしお》家家臣の嫡男に生まれたが、許婚《いいなずけ》に横恋慕した悪辣《あくらつ》な主筋の奸計《かんけい》に踊らされて出奔《しゅっぽん》せざるを得なくなり、この時に武士の身分を捨てた。

その後は、隠れ者でもあった初代〝塩梅屋〟主《あるじ》長次郎《ちょうじろう》と知り合って、料理人の修業を積み、殺された長次郎の遺志に添って、料理屋〝塩梅屋〟と時には刺客にも転じる裏稼業の両方を継いでいる。ただし、裏稼業のことは季蔵のほかに知っているのは、長次郎が仕えていた北町奉行烏谷椋十郎《からすだにりようじゆうろう》だけであった。

しかし、季蔵は普段、大柄な烏谷の満月のような顔も、裏稼業のことも思い出さないようにしている。季蔵が長次郎と知り合ったいきさつはこうである。出奔はしたものの、すぐに食べるものに事欠き、飢えかけて屋台の饅頭《まんじゆう》につい手が伸びてしまった季蔵は、屋台の主に盗《ぬす》っ人《と》呼ばわりされて袋叩きに遭いかけた。そこを運良く長次郎が通りかかって、代を払って助けてくれた。季蔵はこの時の長次郎の優しさが忘れられない。

「俺が金を払う。食いたいだけ、食わしてやってくれ」

と言った長次郎の言葉がずしりと胸に染みていた。季蔵はあの時、長次郎に命を救われたと思っている。そんな長次郎が務めていた裏稼業ゆえ、仕方がないと諦《あきら》めて、季蔵は烏谷とも関《かか》わっているにすぎなかった。

――何事もなければ料理人としてだけ生きていけるだろう――

そう楽観したい季蔵であった。

長次郎の骸《むくろ》が見つかった朝、季蔵は豪助から桶《おけ》いっぱいのあさりを仕入れていた。しばらくは、あさりを見るたびに長次郎の無惨な骸を思い出し、あさりを使った料理を鬼門としてきた。だが、あさりは長次郎の好物でもあり、今となっては、味噌汁《みそしる》の具にはあさりがいいか、それともしじみかと、埒《らち》もなく思い悩んでいる。昨日はしじみだったから、今日はあさりにしようか、しかし、ここのところ、毎日、あさりかしじみである。新年を迎えて二月の〝涅槃会《ねはんえ》〟が近づくと、明るい春の日差しに加えて水もぬるみ、あさりやしじみが旬を迎えるのもこの頃であった。

たまには青いものも目や口に入れたいと思い立ち、季蔵は棟割《むねわ》りの家を出て長屋内にある、猫の額ほどの空き地へと向かった。雌雄二本の銀杏はまだ裸木のように見えるが、よくよく枝に目を凝らすとぽちぽちと緑色の新芽が吹いている。銀杏の根元では、飼われている鶏たちが忙《せわ》しく首を上下させて餌《えさ》をついばんでいた。

「おっと、これだけは勘弁してくれ」

季蔵はさっと手を伸ばして、鶏がついばむ前にと、たった一本、ぽつんと生えていた芥子菜《からしな》を千切り取った。どこからか種が飛んで来て芽吹いた貴重な青菜であった。芥子菜を鼻に近づけるとふんわりと青い匂《にお》いがした。長身痩軀《そうく》で端整な顔立ちの季蔵が青菜を手にしている様子は、万葉の貴公子のようで絵になった。

「あさり――しーじーみーよぉーいっ」

豪助の声がすぐ近くまで来ていた。季蔵があわてて自分の家へと引き返すと、

「あっさり死んじめえ、あっさり死んじめえ」

すでに天秤《てんびん》を担いだ豪助は季蔵の家の前に立っている。〝あさり――しーじーみーよぉーいっ〟を早口で言うと、〝あっさり死んじめえ〟にもなる。季蔵を兄貴分と慕う豪助が立ち寄る時の合図の声であった。

「何だ、兄貴、外にいたのかい」

豪助は季蔵の家の前で天秤を下ろした。

「今日はまた一段といいあさりだよ」

豪助は季蔵が手にしている芥子菜をちらりと見た。

「そろそろあさりやしじみの汁には飽きただろうな」

一応うなずいた季蔵だったが、

「ちょいと中を見ていいかい」

桶の中のあさりへ手を伸ばすと、

「これはいいな」

大粒でうっすらと桜色がかった剝《む》き身に見惚《みと》れた。

「今までで一番だ」

「そのはずさ」

豪助は胸を張ったが、

「あさりは全部貰《もら》っておこう。剝き身は傷《いた》みやすい。百文でどうだ?」

と言う季蔵に
「ま、兄貴は特別だ。いいとしよう」

苦笑いした。

季蔵は洗い桶にも使っている木桶を、ざっと洗って豪助に差し出した。桶いっぱいのあさりの剝き身と引き替えに百文を豪助の手に握らせる。百文は一膳飯屋《いちぜんめしや》の定食の値段であった。

「兄貴もおやじさんに似てきた。仕込みも上手《うま》くなったな」

飯が炊きあがっていた。季蔵は湯気が立ってよい香りのする釜《かま》を横にのけて、水を張った鍋《なべ》を竈の上に置いた。ぐらぐらと煮たってきたところに、味噌を溶いて、あさりの剝き身と長ネギを入れる。ネギの白い部分が透き通ってきたら、仕上げに煎《い》り酒《ざけ》を加える。酒と梅干しで出来ている、酸味と風味のある煎り酒があさりの味を柔らかくしてくれる。季蔵は鍋を下ろして、丼《どんぶり》に盛った炊きたての飯にかけた。ぶっかけ飯ともいわれる深川飯である。

季蔵は、

「客に出す時は刻んだ海苔《のり》があるといいな」

と呟《つぶや》きつつ、ふうふう息を吹きかけながら啜《すす》り込もうとして、

「豪助も食べないか」

と勧めた。

「いや、俺はいいや」

「早いな、もう、朝飯を食べたのか」

「うーん、まあ」

ぐーっと豪助の腹の虫が鳴った。

「そうじゃあないんだが」

豪助は赤くなった。

「また、あれか──」

季蔵は呆《あき》れ顔になった。豪助が独り身にもかかわらず、仕事を掛け持ち、小遣いを稼ぐのには理由《わけ》があった。女である。豪助は小柄だが色が浅黒く、逞《たくま》しい身体《からだ》つきをしている。目鼻立ちのはっきりしたなかなかの男前でもある。これだけで充分、女にもてるはずなのだが、豪助は言い寄ってくる町娘たちでは満足できない。生き別れた美貌《びぼう》の母親の面影を知らずともとめているのか、誰もが振り返る小町か、押すな押すなと客が押し寄せる茶屋の看板娘が好みであった。つまりは相当の面食いなのである。そんなわけで、豪助の稼ぐ金は茶屋で右から左へと消えていった。美しい女たちに入れあげるのである。

「だが朝から茶屋や飲み屋はやってはいまい」

「まあね」

「まさか、朝抜きで舟を漕いでるんじゃあるまいな」

「実はそうなんだ」

豪助はまた赤くなった。

「〝夢さくら〟で昼飯を二膳食べないとなんねえからな」

「そのために朝を抜いているのか」

ますます季蔵は呆れた。

「〝夢さくら〟まで足を伸ばすんなら、うちへも寄ってくれ」

季蔵はさらりと言ったが、豪助は困った顔になった。

「へえ、〝塩梅屋〟でも昼をやるのかい」

〝夢さくら〟は、〝塩梅屋〟のある木原店の目と鼻の先、音羽町にある料理茶屋である。〝夢さくら〟という名は、主新兵衛《しんべえ》の郷里が桜島を有する薩摩《さつま》ゆえであった。

「年が明けてからというもの、〝夢さくら〟が安い昼食をはじめて大変な人気だ。昼の客が夜も贔屓《ひいき》にしてくれるかもしれないから、油断大敵だ。負けてはいられない。それでうちも昼の定食をやろうかと考えているところなんだよ」

さっき季蔵が百文に叩いてあさりの剝き身を残らずもとめてみたのもそのための試しであった。あさりも深川飯も江戸っ子が好むものである。あさりが旬ともなればなおさらであろう。一方、薩摩出身の主が出す〝夢さくら〟の昼食は、魚のすりみを素揚げにした薩摩揚げが、必ず一つおまけに付いてくるのが評判になっている。

「あれほど人気があるのは、お客さんたちはよほど薩摩揚げが好きなのだろうな。きっと新兵衛さんは薩摩揚げに極意を得たに違いない」

羨《うらや》ましそうな顔でそう呟いた季蔵に、

「兄貴は相変わらず馬鹿真面目《まじめ》だな」

とうとう豪助はぷっと吹きだした。

「まだ〝夢さくら〟に行ってないんだな」

「うん。昼時は何かと仕込みで忙しいからね。そのうち、極上の薩摩揚げを食べに出向こうと思っている」

「〝夢さくら〟の薩摩揚げは変わっちゃないよ。どうってことのない薩摩揚げだ。ただし、ここのところ、〝振り袖天麩羅《ふりそでてんぷら》〟なぞとみんなが呼んでいる」

「〝振り袖天麩羅〟？」

「なかなか艶《つや》っぽい天麩羅だろう」

豪助は男前の顔をでれっとさせた。

二

「〝夢さくら〟じゃ、年の瀬に主の新兵衛さんが転んで足を痛めたとかで寝ついてる。代わりにおみつとおあき、二人の娘が看板になって店を切り盛りしているんだよ」

「そうか、人気はあの二人のせいだったのか――」

やっと気がついた季蔵は苦笑した。季蔵がおみつとおあきを見かけたのは、もうかれこれ三年も前のことである。その頃の二人はまだ童女の面影を宿して手鞠《てまり》で遊んでいた。

「二人ともぴちぴちだからね」

すかさず豪助が言い添えた。

「兄貴が知らなかったのは無理もないよ。誰も〝塩梅屋〟じゃ、あの二人のことは口にできねえ。〝塩梅屋〟にも、錦絵《にしきえ》に描かれたほどの別嬪《べっぴん》、看板娘はいるからさ――」

〝塩梅屋〟の看板娘というのは、長次郎の忘れ形見おき玖《く》である。

「けど、おみつとおあきは十四と十二、何しろ若い。真っ昼間から、ぴちぴちの若鮎《わかあゆ》みてえな娘たちがいるとなりゃあ、客が集まるってもんだよ。ちょいと評判になると、よし、この目で見てやろうって気になる。俺なんぞもはじめは野次馬根性で立ち寄ったんだが、そのうちにミイラ取りがミイラになっちまった。あの二人が揃《そろ》って赤い縞《しま》のお仕着せを着て働いてると、ぱーっと店の中に初々しい花が咲いたみたいで、やけに別嬪に見えるんだよ」

「それで昼飯を二人分食うのか」

「ま、目立って気を引くためには、気《き》っ風《ぷ》も食いっぷりもいい客でいないとな」

「なるほど」

「そうそう、〝夢さくら〟じゃ、ここに来る客とも顔を合わせることがある。履物屋の助平などご隠居喜《き》平《へい》さんは言うに及ばず、女房に頭の上がらない大工の辰吉《たつきち》さん、優男で指物師の婿の勝《かつ》二《じ》さんともよく会うんだ」

「ご隠居さんたちは、うちにも来ているが――」

豪助の言うとおり、〝夢さくら〟の〝振り袖天麩羅〟の話は決してしなかった。

「言わないのが仁義だと思ってるんだろうし、それに――」

言いかけて口《くち》籠《ご》もった豪助だったが、

「おき玖ちゃん二十だろ。たしかにおき玖ちゃんはおみつやおあきとは比べものにならないほど、器量好《よ》しだが、若鮎にはかなわないよ。しかも〝塩梅屋〟の看板娘はおき玖ちゃん一人、〝夢さくら〟は二人だ。勝負は見えてるよ。それとさ、よくしたもんで、客たちは、昼は〝夢さくら〟、夜は〝塩梅屋〟と使い分けてるんだ。だから、何もここへ来て、〝塩梅屋〟が昼までやることはねえと、俺は思うんだがな。おき玖ちゃんを負けると決まってる勝負に引き出すこたあねえ。兄貴の料理にも〝塩梅屋〟の看板娘にも傷がつくぜ。こりゃあ、料理の善し悪《よあ》しなんぞには関わりのねえ、好き者の客たちの遊びなんだからさ」

と続けた。

なるほどそうかもしれないと思った季蔵は、昼も店を開けるかもしれないとおき玖に告げてしまったことを悔いた。

季蔵は通いだが、おき玖は〝塩梅屋〟の二階に起居している。季蔵が店に行ってみると厨《くりや》には菜種油の匂いが残っていて、おき玖は忍冬《にんどう》の茂みで仕切られた離れに居た。離れの座敷は亡き長次郎が、秘密裡《り》の打ち合わせが必要な裏稼業のために使っていた場所で、もてなしもできるように厨もあったが、どこもかしこも日が当たらずに暗く、庭の踏み石や手水鉢《ちょうずばち》などはびっしりと苔《こけ》で被《おお》われている。そんなところがふさわしいとは思えなかったのだが、長次郎の位牌《いはい》を納めた仏壇はそこにあった。父親の裏稼業のことを知らないおき玖は、

「離れには神棚があるでしょ。おとっつあん、いつもあたしが花を切らしたことがないって喜んでくれてたわ。離れが一番安らげるって。だから、仏壇も一緒にしておきたいのよ」

と言って、わざわざ二階から移したのであった。

「もうすぐ〝涅槃会〟でしたね」

〝涅槃会〟とは釈迦《しゃか》の入滅、命日である。寺では法要が営まれ、町家では薄く切り乾かしておいた正月の餅《もち》を、赤小豆餅と混ぜて供え物にする習わしがあった。長次郎はこれを揚げて食べるのが好きであった。

「おとっつあんの口に合うよう、お供え物は揚げ煎餅《せんべい》にしたのよ」

おき玖はうっすらと揚げ目の付いたのを二切れ手にしていた。一切れは自分がほおばると、もう一切れを季蔵に差し出した。

「まあ、供養だと思ってよばれてちょうだい」

おき玖は茶を淹《い》れに立ちあがった。

この日、季蔵は夕刻近くになっても、昼食を出す計画は見合わせることにしたと、話しそびれたままであった。

履物屋の隠居喜平たちが訪れたのはその日の夕刻すぎであった。

「いらっしゃいませ」

おき玖は明るい声で迎えたが、喜平、辰吉、勝二、三人の様子はいつになく神妙であった。それでも、

「いいね」

辰吉は大根とあさりの鍋に目を細めた。あさりは辰吉の好物であった。

「旬の〝あさり尽くし〟とはうれしいぜ」

「そういっていただけると励みになりますよ」

朝、豪助から仕入れたあさりを使った料理であった。

おき玖は、

「まあ、こんなに沢山のあさり」

と目を丸くしただけで他に何も言わなかった。

下働きの三吉《さんきち》は、

「おいら、あさりでいっとう好きなのはぶっかけ飯なんだけどね」

と呟いた。ひょろひょろと背ばかり大きい三吉の家は貧しく、年端《としは》もいかないうちから棒手振《ぼてふ》りで納豆売りをしていたほどであった。父親の借金で母親が岡場所へ売られようとしていた時、季蔵を陥れようとする相手の奸計に乗せられて毒を盛ろうとしたことがあったが、今では改心して〝塩梅屋〟で下働きをつとめている。忍耐強く、猫好きな優しい少年であった。三吉が大好物なのはいいが、夜に深川飯を出すわけにはいかなかったし、昼の試作のためにもとめてみたのだとも言えなかったのである。〝あさり尽くし〟は苦肉の策の料理であった。

「ほう、〝あさりとわかめのぬた〟もあるのか」

喜平は酢の物の味にうるさかった。

「ちゃんと隠し味に煎り酒を使ってくれてるんだろうね」

念を押された。

「もちろんですよ。それに砂糖も和三盆です」

酢の物に甘みは欠かせないが、上菓子に使う白砂糖の和三盆が何よりだというのが、長次郎の教えであった。

「何といっても絶品は〝あさりとネギのかき揚げ〟さ。油がさくっとじわっと、あさりとネギの風味を包み込んで美味《うま》い」

勝二はうっとりと鼻を蠢《うごめ》かした。季蔵はかき揚げのタネを胡麻《ごま》油の入った鍋に落とし始めている。

美味い、美味いと言ってあさりを堪能《たんのう》した三人だったが、珍しいことにあまり酒が進んでいない。言葉もいつもより少なかった。

「何か、お気づきのことでもおありですか」

季蔵は訊《き》かずにはいられなかった。

「旬と言ってもあさりじゃ、たいして珍しくもございませんか」

「いいや、あさりは美味かったよ」

辰吉は首を横に振った。酒が過ぎていない時の辰吉はおだやかな顔をしている。

「あさりのせいなんかじゃないんですよ」

勝二が気弱な声でとりなすように言った。

「ご隠居、ここは一つ、お願いしますよ。とにかく俺は旨《うま》いもんに目がないんです。食べたいですよ、皆さんが旨いっていうの――」

涎《よだれ》を垂らさんばかりの表情で、勝二は喜平を促した。

「うーむ」

喜平はしばらく唸《うな》っていたが、

「わしらはここが、〝塩梅屋〟が気に入って贔屓にしている。美味い酒が飲めるし、旨い料理を出してくれるからだ」

「ありがとうございます」

季蔵は深々と頭を下げた。真似《まね》て三吉も頭《こうべ》を垂れた。喜平の話は続いた。

「長次郎さんの料理の腕に惚《ほ》れていたからと言ってもいい。それを今はあんたが継いでくれている」

「ほんとうにありがたくて――」

おき玖はうつむいて目頭を押さえた。

「季蔵さん、あんたの腕は悪くない。だが、まだ長次郎さんには及ばない」

「おっしゃる通りだと思います。どうかよろしくご指導くださるよう――」

と言いかけた季蔵に、

「あんたにはもっと受け継ぐものがあるはずだ」

喜平は睨《にら》むように季蔵を見据えた。

――まさか、あのことを知っているわけではないだろうが――

咄嗟《とっさ》に季蔵の心は青ざめた。

しかし、喜平は、

「さつま鯛《だい》」

とだけ言った。

——よかった。杞憂《きゆう》だった——

ほっとした季蔵は危うく微笑《ほほえ》みそうになったが、かろうじて、口元を引き締め、

「それは鯛の種類でございましょうか」

当惑顔で訊いた。

「いや、違う」

喜平は真っ赤な顔で大声を出した。後の二人は横を向いて目を逸《そ》らせた。

「だから〝塩梅屋〟に不満なんだ。そんなことだと、わしらは夜の河岸《かし》を〝夢さくら〟に変えてしまうぞ」

喜平の声はさらに響いた。

三

この後三人は示し合わせていたかのように、次々に立ち上がり帰って行った。

——困った。このままでは大事なお得意に〝塩梅屋〟が見限られてしまう。そうなったら、冥途《めいど》のとっつあんに合わす顔がない——

季蔵は暖簾《のれん》を片付けた後、長次郎が遺《のこ》した日記がしまわれてある離れの納戸へ飛んで来た。この日記には長次郎が食べたか、作って届けたかした料理の名と食材、届け先などが書かれている。例えば、今の時期なら、

〝旗本国枝様　御注文　子持ち鮒《ふな》甘露煮〟

などとある。〝さつま鯛〟は五年前の一月末に以下のようにあった。五年前ともなると勝二の名はまだない。

〝喜平、辰吉、長次郎　さつま鯛――夢さくら〟

二人の常連客に加えて長次郎自身の名があることから、これは長次郎が鯛を料理して、共に食べたという意味なのだろう。となると〝さつま鯛〟とは料理名にちがいなかった。

「季蔵さん」

おき玖の声がした。

「〝さつま鯛〟のことが気になってるんじゃないかと思って」

「ええ、まあ」

おき玖の足音を聞いた季蔵は、素早く長次郎の日記を茶簞笥《ちゃだんす》に戻した。日記に書かれているのは、店に来る客たちに関わるものばかりではなかった。注文相手、届け先の中には、大名や大身の旗本など驚くほど身分の高い人たちも居て、長次郎の裏稼業を物語っていたからである。

「あたし、実は〝さつま鯛〟で思い出したことがあるのよ」

「是非聞かせてください」

「季蔵さんがうちで修業するようになる前のこと。年が明けてしばらくたった頃、おとっつあんがね、〝鯛はめでたいし美味《おい》しい魚だから、正月ともなるとみんな身分を越えてそこそこ立派なにらみ鯛で祝うけれど、その後ともなると、塩焼きの鯛は少々、食傷気味なんだろうね〟なんて言って、三枚におろした鯛を一夜干しにしてね、味噌に漬けた後、お砂糖をまぶして蓋《ふた》付きの小鉢に入れて、すっかりお砂糖が溶けるまで待って食べさせてくれたのよ。甘さと鯛の風味が何ともいえなくて、とっても美味しかったから、あたし、おとっつあんに〝また作ってよ〟って頼んだんだけど、おとっつあん、〝だめだよ、これは〈夢さくら〉の新兵衛さんが酔った弾みで洩《も》らした、薩摩料理の秘伝なんだから。遊びで拵《こしら》えてみただけで、盗むことはできないよ〟って、二度と作っちゃくれなかった」

「それをおき玖ちゃんだけじゃなく、ご贔屓の喜平さんたちもご相伴《しょうばん》したというわけですね」

「だと思うわ」

「でも、何で今になって、喜平さんたちはその料理を〝夢さくら〟で――」

と言いかけてあわてて季蔵は口をつぐんだ。喜平たちが若い看板娘の姉妹目当てに、〝夢さくら〟の昼食に通っていることは、おき玖はまだ知らないはずであった。

しかし、おき玖は、

「そりゃあ、喜平さんたちが昼、〝夢さくら〟に通ってるからでしょう。昼に通い詰めていれば、そのうち、ここじゃ出さない、さつま鯛に惹《ひ》かれて夜も――ってことになるわよ」

顔色一つ変えなかった。

「知ってたんですね」

「だって、〝振り袖天麩羅〟はたいした評判ですもの。これでもあたし、自分を看板娘だと思ってますからね、どこの誰が対抗馬になるかぐらいのことは、いつも気にしてるのよ。相手によって、いろいろ商いの仕方を考えないと。〝塩梅屋〟はおとっつぁんがこの世のあたしに遺してった、大事な置き土産《みやげ》ですからね、左前《ひだりまえ》になって、潰《つぶ》すなんてことあっちゃいけないわ」

「おっしゃる通りです」

おき玖は季蔵が案じるまでもなく、しっかり、この先の商いを見据えていた。

「お酒はたいてい夜でしょ、だから昼より夜のお客さんの方がありがたい。〝夢さくら〟の方だって、昼の定食に来てくれるお客さんが、夜また来てくれたらって考えて、いろいろ策を練ってるはず――」

「それが〝さつま鯛〟だったんですね」

「〝夢さくら〟じゃ、きっと、きめ細かくお客さんたちの注文を訊いているのよ。喜平さんたちは珍味の〝さつま鯛〟が忘れられずにその名を口にしたのでしょう。それがたまたま、薩摩の出の新兵衛さんの得意料理だったのね」

おき玖はため息をついた。

「仕方がないけれど不運だわ」

「それなら、うちで〝さつま鯛〟をお出ししてはいかがです。喜平さんたちはすぐに向こうへ移らずに、一声かけてくれました。まだ脈はありますよ」

「でも、〝さつま鯛〟は〝夢さくら〟の新兵衛さんのものだと、おとっつあん、決めてたから――」

おき玖の顔は浮かない。

「うちでも出したいと、新兵衛さんにお願いしてみては――」

「そうね」

「明日にでもわたしが頼みに行きますよ」

「いいえ、それはだめ」

おき玖は首を横に振って、

「〝さつま鯛〟はあたしとおとっつあんの思い出の料理ですもの、新兵衛さんにはあたしが頼みに行くわ」

そこで季蔵が昨年の暮、新兵衛が足を痛めたという豪助から聞いた話をすると、

「まあ、それならなおさらあたしが行って、お見舞いをしなければ。新兵衛さんに会うのは、おとっつあんのお通夜に来てくれて以来なのよ」

「煎り酒でもお持ちになりますか」

〝塩梅屋〟の煎り酒は長次郎の秘伝の品であった。

「そうね、そうしましょう。煎り酒が隠しに利いてる玉子焼きもお願い。きっと喜んでくれるわ」

「わかりました」

こうして、煎り酒と玉子焼きを携えたおき玖は翌日の早朝、〝夢さくら〟へ行った。迷惑にならないよう、〝夢さくら〟が昼の仕込みを始める前に、いとまを告げて戻ってくるつもりだとおき玖は言った。

季蔵は余った玉子焼きと長屋の空き地で見つけた韮《にら》の味噌汁の賄《まかな》い食を作って、おき玖を待っていた。ところが昼を過ぎてもおき玖は帰ってこない。そのうちに午八《ひる》つ（二時）になった。気がかりだったが、賄い食に手をつけて腹を満たすと、居合わせていた三吉に手伝わせて仕込みをはじめた。

「蜆肉飯《しじみめし》も旨いですね」

三吉は桶の中で泥を吐かせているしじみを両手で掻《か》き回している。

「〝ふりしじみ〟にするんだ」

「〝ふりしじみ〟ってしじみに泥を吐かせることでしょう？」

三吉はますます手に力を入れた。

「いいや」

季蔵は首を横に振った。

「〝湯ふりしじみ〟のことだよ。しじみを茹《ゆ》でて煮付けるんだ」

「ってえと、あさりの深川飯のようにはしないんですか」

「まずはしじみを茹でる。酒を足したしじみの茹で汁で飯を炊く。その間に、殻から身を外して酒、醬油《しょうゆ》で煮からめたしじみの身と、削りかつおを合わせておく。これを炊きたての飯に混ぜるんだ。これがとっつあん直伝の〝塩梅屋〟流。しじみはあさりより小さいから、深川飯のように汁かけにして、殻がついたまま飯と合わせると、殻に飯粒が着いて食べにくい。深川飯をしじみで真似ると、食べる姿が野暮《やぼ》ったくてかなわないととっつあんは言ってたよ」

「なるほど」

大きくうなずいた三吉は早速〝湯ふりしじみ〟に取りかかった。

するとそこへ、

「季蔵さん」

がらりと戸口が開いて真っ青な顔のおき玖が立っていた。

「どうされたんです？」

季蔵はおき玖に駆け寄った。

「季蔵さん、〝夢さくら〟で大変なことが――」

おき玖の唇はわなわなと震えている。

「三吉、水だ。水をさしあげろ」

三吉の差し出した湯呑《ゆの》みの水をごくごくと飲みほしたおき玖は、

「〝夢さくら〟でとんでもないことが起きて、おあきちゃんが亡くなって、おみつちゃんがひどい火傷《やけど》を負ったのよ。もう、何て恐ろしい——」

身体を震わせた。

おき玖の話はこうだった。おき玖は〝夢さくら〟の奥にある、新兵衛が病臥《びょうが》している部屋へと通された。新兵衛は亡き長次郎が新兵衛に遠慮して、〝さつま鯛〟を客に出さないようにしていたという話に、〝あの長次郎さんらしい律義さだ〟と涙して、〝かまうことはない、どうか、存分に、〈さつま砂糖漬鯛〉ともいう故郷の料理を広めてほしい〟と言ってくれたのだった。この言葉を聞いたおき玖がほっとしたのもつかのま、廊下から、〝大変だ、大変だ〟という使用人たちの声が聞こえてきた。

四

「その時はまだ厨であんな事が起きてるなんて、思いもしなかったのよ。でもしきりに新兵衛さんが案じるんで、代わりにあたしが様子を見に、声のする方へ行ったの。すでにおみつちゃん、おあきちゃんの二人が火だるまになってた。おかみさんのおちかさんが、〝おあき、おあき〟って大声で叫んで、二人に駆け寄ろうとするのを、番頭さんたちに止められてた。あたしは声も出なかったわ。店の中で人が焼け死ぬなんて、とても信じられることじゃないけど、起きてしまったのよ。

〝夢さくら〟じゃ、すぐにかかりつけのお医者に使いを走らせたんだけど、折悪しく、往診で先生がいなくて、あたし、自分にできることはこれだけだと思って〝塩梅屋〟のお客さんの孝順《こうじゅん》先生を呼びに行ったの。でも、間に合わなかった。おあきちゃんは死んでしまったし、おみつちゃんだって、どうなるかわからない。今夜が峠だという話なの」

　おき玖は疲れ切った表情で肩を落とした。

「二人ともあんなにまだ若いのに——。番頭さんの話では、二人が交代で薩摩揚げを揚げている時、油の入ったお鍋が燃え上がったように見えたって。二人は〝いけない、いけない、火事にでもなったら大変〟って言いながら、袖を振って消そうとしたそうなの」

「火事は重罪ですからね」

　付け火でなくとも火事を起こして隣り近所を巻き込めば、店が取り潰されて商いができなくなるどころか、罪に問われた。

「でも、それがいけなかったのね。袖に火が燃え移り、消そうとあわてた拍子に、竈にぶつかって鍋が傾き、二人共油をかぶってしまって、とうとう二人は火に包まれてしまったんだとか。あっという間の出来事で——」

「二人共だなんて可哀想《かわいそう》に。本当にお気の毒ですね。お見舞いにこれを握り飯にしてさしあげたらいかがでしょう」

　季蔵は三吉が煮からめたしじみを炊きあがった飯に混ぜていた。

「そうね。あたし、無我夢中ですっかり忘れていた。〝夢さくら〟の厨は目茶苦茶になってしまってたから、蜆肉飯のお見舞いは重宝かもしれない。お願いするわ」

「〝さつま鯛〟を許してくれた新兵衛さんと〝夢さくら〟に降りかかった災難です。今晩は店を休みにして、〝夢さくら〟へこれを届けましょう」

「そうしてくれると有り難いわ。あたしもおみつちゃんの様子、気になって仕様がなくて、看《み》に行ってあげたいと思っていたの」

「ご一緒させてください」

「心強いわ」

こうして重箱を持った季蔵はおき玖とともに〝夢さくら〟へと向かった。

「おみつちゃんのことは気になってるんだけど、心配なのはおかみさん、おちかさんもなのよ」

「大事な娘さんを亡くされて、さぞかし気落ちされていることでしょうね」

「でも、おみつちゃんは今のところ、一命を取り止めているわけでしょ。なのに、おちかさん、おあきちゃんの亡骸《なきがら》にすがって泣いてるばかりで、おみつちゃんのところには近寄ろうともしないの。おみつちゃん、しきりに〝おっかさん、おっかさん〟って、譫言《うわごと》を呟いて、おちかさんを探して、手をのばしてるのによ。思わず、あたし、その手を握って、〝おみつ、おっかさんだよ〟って言ってしまったわ。可哀想で――。でも、おみつちゃん、握ったあたしの手、握り返しちゃこなかった。生死をさまよってる時でも、あたしがおちかさん、おっかさんじゃないことはわかるのよ」

「たぶん、おかみさんは気が動転しているんですよ。おみつちゃん、助かるといいですね。そうすれば、きっと気が鎮まって、おみつちゃんの幸運を喜ぶようになるはずです」

「そうね。おみつちゃんまで失うのは辛《つら》すぎることでしょうから」

ところが、〝夢さくら〟の店先で二人を迎えた手代は、

「今さっき、孝順先生がお見えになったところなのですが、おみつお嬢様の容態が急変しておいでで――」

青い顔でうつむいている。

「それではもう――」

おき玖の顔からもすーっと血の気が引いた。手代は黙ってうなずいた。

「せめて、一目、おみつちゃんに会わせてください」

おき玖は涙をこらえて頼んだ。

「それはちょっと」

手代が立ちはだかったように見えた。

「何か事情があるんですか」

季蔵は訊かずにはいられなかった。

「別にそんなことは――」

「だったら会わせてください」

おき玖は手代を見据えてきっぱりと言い切った。手代に重箱を渡すと季蔵とおき玖は店

に上がって廊下を進んだ。瀕死《ひんし》のおみつが看病されていた部屋はおき玖が知っている。がらりと襖《ふすま》を開けると布団の上に横たえられているおみつと、そばに座っている孝順が見えた。

「おき玖さん、季蔵さん」

二人を見た孝順も紙のような顔色をしていた。

「おみつさんは亡くなっています。わたしがここへ入った時にはもう――」

季蔵は布団に横たえられているおみつから目が離せないでいた。ひどい火傷を負ったのだろう、身体と顔のほとんどを晒《さら》しの白い布が被っている。首に巻いた晒しに赤い血の染みがぐるりと半輪になっていた。

「これは火傷のせいではありませんね」

季蔵は孝順を見つめた。

うなずいた孝順は、

「おみつさんが亡くなったのは、このせいだと思います」

はっきりと言い切った。

「晒しの上から首を絞められたのです。これには下手人《げしゅにん》がいるはずですから、主に伝えて自身番に使いを出してもらうつもりです」

「生死の境にいた人にそんな酷いこと、いったい誰が――」

おき玖は絶句しかけて、

「おかみさんには知らせたんですか」

おちかの姿はそこになかった。

「今、新兵衛さんとおちかさんに来ていただくよう、番頭の仙吉《せんきち》さんに申し上げたところです」

ほどなく、足の不自由な新兵衛が仙吉に支えられながらやってきた。

「おあきだけじゃなく、おみつまでこんなことになるなんて、そもそもわたしさえ足など痛めなければ、娘たちが揚げ物をすることもなかったろうに――。わたしが悪いんだ。いっそわたしが代わってやりたかった――」

と洩らすと、もう決して動くことのないおみつの両手を代わる代わる握って、声を殺して泣き続けた。

「おかみさんが急に苦しみ出して――」

小女《こおんな》のさきが伝えにきた。

おき玖は、

「おちかさんが心配だわ」

立ち上がって、おちかがいるおあきの部屋へと向かった。孝順と季蔵も腰を上げた。

おあきの骸《むくろ》もおみつと同様、ぐるぐると晒しで巻かれ横たえられている。

「おあきさんの方は、火が消えた時には身体中が焼け爛《ただ》れて、すでに息がありませんでした。けれどもおかみさんがまだ、生きている、どうしても手当してくれと言ってきかず、ご供養のつもりでこうして膏薬《こうやく》を塗りました」

孝順が小声で言った。

おちかは身体をくの字に曲げて咳込《せきこ》んでいる。

孝順が手当をしようとすると、

「大事ありません。これは持病の喘息《ぜんそく》でございますから」

とおちかは断って、

「おみつ、おみつ」

掠《かす》れた声で呼んで泣いた。

案じてやってきた新兵衛が、

「しっかりするんだよ、おちか。気を確かに持つんだ」

おちかの肩に手を置くと、おちかの咳はいくらかおさまった。

孝順が、

「お役人はお呼びになりましたか?」

と訊くと、

「ついては先生、後でお話がございます」

新兵衛は人差し指を口に当てた。

「この店から下手人を出すわけにはまいりません。こうした商いは悪い評判がたつと客足が遠ざかります。おみつとおあきは〝夢さくら〟のために、命をかけて火事を消し止めたのです。二人の死を無駄にはしたくございませんので――」

「おまえさん」

おちかは新兵衛の胸に顔を埋《うず》めた。

廊下へ出た季蔵は、

「どうにも腑《ふ》に落ちません」

小声でおき玖に洩らした。

五

「何が？」

「新兵衛さんとおちかさんの悲しみ方ですよ。何とも芝居がかっているというか、とってつけた感じで、本当に悲しんでいるのかどうか――」

「娘を殺された親なんだもの、そんなことあるわけないわ」

「とっつあんが亡くなった時のことを思い出してくださいよ。わたしたちは言うに及ばず、馴染《なじ》みのお客さんたちまで、当初は〝何でこんなことが〟って、信じられないし、信じたくないしで、やたら取り乱してたじゃないですか。泣いて悲しむのはもっと後になってのことで、みんな、わけもなく怒ってました」

「たしかにね。あたしもおとっつあんの時、すぐに涙は出てこなかった――。嘘《うそ》だ、嘘だって、やっぱり少し怒ってたわね」

「それに瀕死のおみつさんを殺した下手人は、この家の者に違いありません。なのに怒りがそっちへは向かわず、自身番にも届けていないようじゃありませんか。おかしな話ですよ」

「でもそれはさっき、新兵衛さんが言ったように、二人が守ろうとしたこの店の暖簾のためなのでは？」

「こういう時、人は暖簾などのためではなく、自分の情に正直になるものですよ」

「そういえば、あたしが季蔵さんに〝塩梅屋〟をって思ったのは、野辺送りの後だったわ」

廊下に立っていた仙吉は、

「ご丁寧な火事見舞い、皆で有り難くいただきます。ついては通夜などのお知らせは後でいたします」

と慇懃《いんぎん》に言って、早々に二人を引き取らせたがったが、

「もう一度、おみつさんにお別れを言わせてください。そうでしたね、お嬢さん」

季蔵はおき玖を促して、再びおみつの部屋へと戻った。おあきの部屋でおちかを介抱した孝順は、新兵衛の部屋に呼ばれていて、死者のほかには二人しかいない。

「おみつちゃん、さぞかし無念だったでしょうね」

おき玖《く》はおみつの手を取った。

「残念で口惜しくて——、ほんと、こういう時、涙ってなかなか出ないもんだわ」

おき玖はおみつのもう一方の手を取って、

「あら」

声を上げた。

「どうしたのかしら、左手だけ晒しがほどけてる」

季蔵はおき玖が握りしめている爛れた左手に目を凝らした。

「珍しい指ですね。中指が短い」

「まあ、ほんと」

「それにこれも珍しい」

季蔵はおみつの右手を持ち上げた。下に男物の縞柄の煙草《タバコ》入れがあった。

「それは――」

はっとおき玖は息を呑んだ。

するとそこへ、

「どうしたものか――」

浮かない顔の孝順が新兵衛のところから戻ってきた。

「何かむずかしいお話だったのですか」

おき玖が訊いた。

「まあ、あまり人聞きのいい頼み事ではなかった」

孝順は苦い顔をしている。

「おみつさんのことを番屋に届けずにすませたいというお話ですね」

季蔵はずばりと言い当てた。

孝順はうなずいた。

「店から下手人を出したくないという、新兵衛さんの気持ちはわからないでもなかったので、このまま黙っていることを承知しました。法外の治療代を包むからと言われたが、これはお断りした。わしも医者のはしくれゆえ、人の命を救うのが仕事、金を貰って人殺しを見逃すのは良心が咎《とが》める」

そう言って孝順は薬籠《やくろう》に手を伸ばすと立ち上がった。帰り際に、

「新兵衛さんにおみつさんがあのまま命を取り留めたら、顔の火傷の跡はどうなったかと訊かれた。わしが疱瘡《ほうそう》の跡よりはひどく残ると答えると、〝ならばあれでよかったのだ〟と独り言をおっしゃった。わしが親なら、どんな姿になっても、わが子には生きていてほしいものだと思うがな」

と孝順は洩らした。

この後、季蔵とおき玖は、

「旦那様はお疲れなのです」

仙吉が止めるのもきかずに新兵衛の部屋へと押しかけた。

「何かご用ですかな」

ただでさえ足が悪く身体のすぐれない新兵衛は、急に増えた白髪《しらが》のせいか、半日にして

十も老けたように見えた。

「なぜ下手人を庇《かば》うのですか」

おき玖は切りだした。

「可愛《かわい》い娘に地獄の苦しみを味わわせた相手ではありませんか」

「娘たちが盛り上げようとしていた、この〝夢さくら〟に傷がつく、ただそれだけのことですよ」

そう言って新兵衛は胸を押さえた。

「このところ、がたが来ているのは足だけではありません」

「これに見覚えはありませんか」

季蔵は懐におさめていた煙草入れを出して見せた。

「それがどこに？」

新兵衛の顔色が変わった。

「亡くなったおみつさんの右手の下に隠れていました。おみつさんの首を絞めた下手人が落としていったものと思われます。どなたの持ち物なのか、心当たりはありませんか」

新兵衛はまた両手を胸に当てた。

「こうなっては仕方がございませんな、申し上げましょう。それはわたしの煙草入れでございます」

「新兵衛さん、まさか――」

おき玖は驚きの目を向けた。

「おき玖さん、前にあんたのおとっつあんの長次郎さんと酒を飲んだ時、〃人はよくも悪くもなれる。神や仏にもなれれば鬼にも蛇にもなる。それが人の本性というもんだ〃って言ってたのが、忘れられなくて、今でもちょくちょく思い出すんですよ。まさに長次郎さんの至言でしたよ」

「だからと言って、何で親が娘を」

「親だからですよ。あんな様子のおみつを目にして、不憫《ふびん》で不憫でならなかったんです。命が助かったって、焼け爛れた顔はきっとあのままで、この先、娘らしい楽しみなんぞ、何一つ味わわせてやることができない。そう思うとたまらなかったんです。まだしも、焼け死んだ妹のおあきの方が幸せじゃないかって思いました。それでおみつの部屋に人がいなくなったところを見はからって、そっと忍び込み、ひと思いに首を絞めました」

新兵衛は頭を垂れた。

「孝順先生にはお願いしましたが、覚悟はしていました。長次郎さんの至言はまだあって、〃人には往生際というものがある。こればかりは誰もどうにもならない〃ってね。どうか、自身番に鬼の父親が可哀想な娘を手にかけたと届けてください」

苦しげな表情で新兵衛の手が胸に伸びた。

するとと季蔵は、

「心の臓の病ですね」

と念を押した。

「これもあってわたしはもう長くありません。あんなになってしまったおみつを残して、死ぬことなどできるはずもありませんよ」

「だとしたら妙ですね」

「何がです？」

「普通、心の臓を患っていると煙草に親しまないものだからです。〃塩梅屋〃においでになるお客様でも、医者に心の臓が悪くなっていると言われて、やめたと話してくださる方々がいます」

「道理はわかっていても、好きなものはなかなかやめられないものです。ですから、あれはわたしの持ち物です。仙吉に訊いて確かめてください」

そこで新兵衛は、〃仙吉、仙吉〃と番頭を呼んだ。

「仙吉、どうだ、これはわたしの物に違いなかろう」

煙草入れを突きつけられた仙吉は、血の気の引いた顔で、

「左様でございます」

深々とうなずいた。

「お聞きの通りです。この煙草入れこそ、わたしがおみつを手にかけた動かぬ証《あかし》、どうか、この旨、お役人にお話になってください。仙吉、まずはお役人をお呼びするのだ、早くしなさい」

「わかりました」

仙吉が部屋を出て行こうとすると、

「待ってください」

季蔵は引き止めた。

「仙吉さんも一緒に。お役人がおいでになる前に伺いたいお話がございます」

「旦那様」

どうしたものかと困っている仙吉に、

「おまえもここにいなさい」

新兵衛が許した。

「おみつさんはおかみさんの実の娘ではありませんね」

季蔵は切りだした。

「長くおいでの仙吉さんならご存じのはずです」

「いいえ、わたしはそんな話、耳にしたこともありません」

仙吉は白《しら》をきった。

六

季蔵はじっと新兵衛を見据えている。

「実の娘ならば、行く末を案じて手にかけてしまうのは、女の幸せを誰よりも願う女親のような気がするからです」

「けれど不憫な思いは父親も同じですよ」

「では仙吉さんにお訊《たず》ねします」

仙吉はやや怯《おび》えた目で季蔵を見た。

「仙吉さん、あなたはさっきこの煙草入れが新兵衛さんのものだと言いましたね」

「はい、間違いありません」

「たしかにこれは男物で新兵衛さんの持ち物だと思います。ただし、新兵衛さんが使っていたものではありませんね」

仙吉は上目使いに主の顔を見て下を向いてしまった。

「先ほど店に来てくださるお客様のお話をしましたが、喘息持ちの方も思い出しました。その方は持病が出そうになると、普段吸わない煙草を吸うのだそうです。心が安らいで心地よくなり、発作が出ずにすむことさえあるのだとか――」

「いったいそれが何だと言うのです」

新兵衛は声を尖《とが》らせた。

「おあきさんの部屋においでになったおかみさんは、喘息を患っているとおっしゃいました。仙吉さん、おかみさんはこのところ、時々、発作が出そうになる時だけ、煙草を吸っていたのではありませんか?」

仙吉は押し黙ったままである。

「おちかは煙草など吸いません」

答えたのは新兵衛であった。

「それはご主人が知らないだけですよ」

「第一、おみつのところに落ちていたのは、わたしの煙草入れですからね。おちかが吸っていれば女物のはずです」

「お見かけしたところ、おかみさんは内気で大人《おとな》しい方ですね」

これには仙吉もうなずいた。

「そういう方は、ご主人が煙草を止《や》めているのに、自分だけおおっぴらに吸うのは憚《はばか》るものです。内緒にして発作が出そうになる、ほんの時たま、こっそり吸う。わざわざもとめたりもしない。だから、ご主人が使わなくなった煙草で間に合わす。煙草入れごと隠し持っている。そうですよね。仙吉さん」

「旦那様——」

仙吉は許しをもとめるように新兵衛を見た。

「おかみさんに秘密にしてくれと言われていましたが、煙草の匂いは着物や髪につくので、小女や手代たちも気がついています」

「そうか、そうだったな」

新兵衛はがくりと頭を垂れた。

「あの煙草入れはおかみさんが持っていらしたものですね」

季蔵は仙吉に念を押した。

「そうです」

「でも、それではおちかさんがおみつさんを――」

おき玖の声が震えた。

「孝順先生が薬を取りに一度帰られた後、おかみさんがおみつさんの部屋へ入っていくのを見ました。見たのはわたしだけではありません。小女のさきも見かけているのです」

仙吉は下を向いたまま言った。

「おちかが悪いのではありません」

新兵衛は叫んだ。

「おみつはわたしたちの実の娘ではありませんでした。長く子どものできなかったおちかが願って貰った養女でしたが、もう子どもはできまいと諦めていたおちかは、自分が身籠《みご》もったことにしたいと言い張り、十月十日腹に晒しを巻いて偽ったのです。その後、産神《うぶがみ》様の気まぐれでおあきが生まれましたが、実の子ができたからといって、血のつながらない子を邪険にしてはいけない、そんなことをしたら罰《ばち》が当たるとわたしは言い続けてきました。それにおみつは妹思いのよくできた娘で、それはそれはおあきもなついていたのです。いっそ二人ともに婿を取って、跡は商いを大きく出来る方に任せようかと、おちかに話したことさえありました。おちかはいつものように〝うんうん〟とわたしの話を聞いているだけでしたが――」

「ご主人としてはおかみさんも、ご自分と同じ気持ちだと思っていたのですね」

「あなたが先ほど言ったように、おちかは芯《しん》は強いが、言葉の少ない大人しい女です。ですから、わたしがこうだと決めたら、黙ってその通りにするのです。逆らったり、文句を言ったりしたことなど、連れ添ってから一度もありませんでした。ですからおちかの本当の気持ちに気がついたのは、おあきがあんな死に方をした時だったのです。正直、おみつの方にはまだ見込みがあると聞いて、わたしはほっとしたのです。お腹《なか》を痛めていない男のわたしには、おみつもおあきも乳飲み子の頃から慈《いつく》しんで育ててきた同じ娘なのです。このような時でも、血のつながりのある無しなど、特に気にはかかりませんでした。でもおちかは――」

「おかみさんはおあきさんが亡くなったことを嘆き悲しむばかりで、助かるかもしれないおみつさんのことなど、少しも心に留まっていない様子だったようですね」

「はじめておやっと思いました。いいえ、はじめてではありませんね。思い出しました。おみつを貰うと決めて、身籠もった芝居をすると言い張ってきかなかった時と同じでした。誰の言うこともきかない、耳に入らない様子でした。あの時と違ったのは、女房が子安観音ではなく、鬼子母神《きしもじん》か夜叉《やしゃ》に見えたことです。わたしがまだ息のあるおみつを見舞うように、と言うと、おちかはものすごい形相《ぎょうそう》でわたしを仇《かたき》のように見たのです。これまで日頃、おちかは二人を差別するようなことはなく、むしろ長女のおみつを姉として立てているように見えたので、なおさらわたしは驚きました。そして、おみつにさっきのような恐ろしいことが起きたのです」

「おかみさんがおみつさんの首を絞める時、落とした煙草入れを、わたしたちよりも先に見つけたのはあなたのはずです」

新兵衛はうなずいた。

「どうしてすぐに隠さなかったのですか」

「当初は孝順先生にお願いして寿命ということにしたいと思いました。けれども、先ほど仙吉が申したように、誰が何を見ているかしれたものではありません。たとえ使用人でも人の口に戸は立てられませんから。そうなった時のためにそのままにしておいたのです。煙草入れが男物で、いずれわたしのものとわかれば、たとえおみつの部屋に入ったところを誰かに見られても、よもやおちかが疑われるようなことはないと思ったのです」

「おかみさんを庇おうとしたのですね」

「はい。長い間、おちかの本当の気持ちに気づかなかった自分が悪いと思ったのです。これがせめてもの罪滅ぼしかと——」

そう言って新兵衛は目を伏せて、

「どうかこのまま、わたしがおみつを殺したことにしてはいただけませんか」

二人に向かって両手を合わせた。

するとそこへ、

「それには及びませんよ」

襖が開いておちかが入ってきた。

「悪いのはあたしで、おまえさんが身代わりになることなんてないんです」

おちかはやや幸薄く見える細面《ほそおもて》の白い顔を新兵衛に向けている。

「それにおまえさんが自分を責めることなんてありゃしません。その代わり、今少し、あたしに思いを吐き出させてくださいな」

そう言ったおちかは新兵衛がうなずくのを待って、

「もともとあたしが悪いんですよ。子どもができなくて、貰い子をして実の子が生まれたように見せたいなんて、虫のいいことを思いついたのはあたしなんですから。あんな埒もない見栄《みえ》を張ったから、神様が罰を与えたんだって後で思いました。あんなに可愛かったおみつのことが、おあきが生まれたとたん、邪魔だ、こんな子なんていなければいいなんて思えて、うっとうしく感じ始めたんですよ。それから、育っていく二人に差が出てきてからずっと——。おみつのことを器量好しだ、賢い、さすが総領娘だなんていう人がいると、その人のことまで憎くて、憎くて。おまえさんや店の者に知られたくない一心でしたよ、おみつに笑顔を向けてたのは。夢の中で何度おみつを手にかけたかしれません」

「おあきだって器量好しで賢いとみんな褒《ほ》めてくれていたじゃないか」

「〝姉さんのおみつちゃんに似て〟っていう言葉が先についてましたよ、必ず。あたしはそれがたまらなかったんです、ただただ口惜しくて。まだ年端もいかなかったおみつがある時、あたしに、〝あたしはおっかさん、おとっつあんの本当の娘じゃないんでしょ、そんな気がずっとしてるの。でも、あたしはおっかさんたちが大好きよ〟って言ってきた時も、わけもわからず腹だけが立ちました」

「おあきはおみつを慕っていたじゃないか」

「おみつなんかを慕うから、倒れたおまえさんの代わりに、あの子はおみつと一緒に商いを繁盛させようなんていう気になって、あんな目に遭ったんですよ。おみつになついてなきゃ、おみつ一人が油を被って焼け死んだだけだったのにって、あの時のあたしは思いました。そう思うと、生き残るかもしれないおみつが許せなくなって、気がついてみると、寝ているおみつのところへ来ていて、自分の帯締めでおみつの首を締めていました。我に返った時、これは夢なんだと思おうとしましたが、目の前のおみつはもう息をしてませんでした。あたしがおみつを殺したんです。あの子の最後の声、まだ耳に残ってます。〟おっかさん、おっかさん、どうして〟って――」

　そこでおちかはわっと畳に泣き伏した。

七

　ところがあろうことか、うつぶせのおちかは大きくびくりと一つ背中を震わせた。

「しまった。おかみさんが毒を――」

　気がついた季蔵に続いて、

「おちか」

新兵衛と仙吉がかけよって、おちかを仰向《あおむ》けにした。

「聞こえるか、おちか、しっかりするんだ」

「おまえさん——」

おちかは薄く目を開いた。

「これでいいんですよ、こうしなければおみつにすまない——」

おちかの目は宙をさまよって、

「おみつだね」

と目だけでうなずいた後、

「酷いことをしたおっかさんをどうか許しておくれね」

と詫びて、最期に一言、

「あたしの亡骸はおあきの横に並べておくれ」

と言って、新兵衛の声がしている方へもう何も見えていない目を瞠《みは》った。

「わかった」

新兵衛は重々しく答えた。

「あ……り……が……と……う」

呟くように言っておちかは息を引き取った。

「おかみさん、どうか目を開けてください。どうか目を——」

「おかみさん」

目をしばたたかせながら、仙吉は必死にそう繰り返し続けた。

「わかった、わかった」

悲痛な顔でうなずいた新兵衛は、おちか、おみつ、おあきの三人を同じ部屋に運んで、通夜の支度をするように命じた。母親のおちかをはさんで、左右におみつとおあきの亡骸が並べられた。

季蔵とおき玖は、手を合わせ、そっと部屋を出た。


瓦版屋は〝夢さくら〟で起きたことを、天麩羅火事で看板娘二人が焼け死に、悲嘆に暮れて世をはかなんだ母親が後追いをしたと伝えた。病身の新兵衛は店を仙吉に任せ、朝夕の読経を欠かさず、妻子の冥福を祈る日々だという。

〝塩梅屋〟を訪れる喜平、辰吉、勝二の三人も、おみつたちの死を悼《いた》んだ。

「もうあの振り袖天麩羅が食べられなくなるとはな」

揚げ物好きの勝二は残念がり、

「可愛い娘を目で食べることもできなくなったよ」

助平な喜平はしょんぼりして、

「ほんと言うと、俺は毎日昼に薩摩揚げを食うと、女房のおちえが揚げる精進揚げが鼻についてならなかったんだ。だから、ま、いいとするか」

辰吉は腹の辺りを押さえてみせた。

季蔵は〝さつま鯛〟を作って振る舞った。

「おき玖ちゃんに聞いて作ったんで、お口に合うといいんですが――」

「これこれ、これでいいんだ」

喜平は目を細めて飴《あめ》色の〝さつま鯛〟に箸《はし》を動かした。

「甘みが何ともいえない。勝一《かついち》もこれなら飯のお代わりをするだろうな」

勝二は二歳になる息子の勝一が可愛くてならない。乳飲み子の時は母親に抱かれないと泣く一方だった赤子が、今では達者に歩いて、仕事から帰った音を聞きつけると、走ってきて〝ちゃん〟と呼びかけ飛びついてくる。勝一に難があるとしたら、少々食が細いことであった。

「甘い肴《さかな》に旨いものなしというが、これだけは別だよ」

辰吉の酒は進んだ。

「よかった、それは何よりです。けれど〝さつま鯛〟はこれっきりにさせていただきますよ」

季蔵は秘伝は真似られないという長次郎の考えを再び話した。

「〝夢さくら〟の新兵衛さんは好きにしていいとおっしゃったそうですが、それはあんなことが起きる前のことです。今、とっつあんが生きていたら、やはり、秘伝は真似られないと繰り返す気がします。仙吉さんが主になった〝夢さくら〟は、一時休んでいましたが、近々始めると聞きました。昼食には振り袖天麩羅の薩摩揚げの代わりに、〝さつま鯛〟を必ず付けるそうですよ。どうか、足を向けてやってください」

「そうだったのか」

喜平は深くうなずいて、

「わかった。季蔵さん、見直したよ。なかなかいい心意気だ。長次郎さんが生きていたら褒めたに違いない」

「みっともねえから、ご隠居、今後はもう無理な駄々はこねないでくださいよ。俺はもう、年寄りの駄々につきあうのは金輪際こりごりだ」

こめかみに青筋の立ってきた辰吉が喜平を睨んだ。

「なに、無理な駄々だと？　もう一度、〝さつま鯛〟を食いたい、食いたいと言って、けしかけたのはおまえじゃないか」

喜平は顔を真っ赤にした。

「まあまあ、お二人とも」

あわてて勝二が取りなしにかかり、

「いつものこと。ああ始まった。始まった」

酒の燗《かん》をつけていたおき玖がくすっと笑った。

四十九日の法要の三日後、季蔵は〝夢さくら〟に呼ばれた。隠居の身になっている新兵衛は髪の毛は真っ白に変わって腰が曲がり、不自由な足はそのままで、二十も年を取ったように見えた。

「よくおいでくださった」

　枯れ木さながらの新兵衛だったが、落ちくぼんだ目に宿る眼光はたじろぐほど鋭かった。

「執念だけで生きているんですよ」

　新兵衛はまずそう切りだした。

「わたしが地獄を見たことを、あなたはご存じのはずだ」

　季蔵は何と返していいか、言葉に詰まった。

「本当の地獄はあの場に見えていたことがすべてではなかった」

　これを聞いた季蔵は、やはり新兵衛にはわかっていたのだと得心した。

「おみつさんの中指――」

「そう、おみつの中指ですよ」

「おみつさんが亡くなった時、ご主人は真っ先に晒しを除《の》けて左手を見ていましたね」

「あなたもそれを見たのでしょう。わたしはおちかにだけは見せたくなくて、元のように晒しを巻いて隠しておきました。ところが二人の通夜の支度の時、おみつの手から晒しが外れていました。煙草入れを見つけたあなたは、短い中指にも気づいたはずです」

「おみつさんは片方の中指が短かったのですか」

「いや。あれはおみつではなかった。中指が短いのはおあきだったのです」

「やはりそうでしたか」

もしやと思っていたことが的中して、季蔵はたまらない気持ちになった。

「娘たちは着物もお仕着せも髪型まで揃いでした。二人とも顔が焼け爛れていましたから、容易に見分けはつかなかったのでしょう。まわりに居た者たちは、咄嗟に、銀の新しい簪《かんざし》をしている方がおみつだということにしたようです。ところが、後でおあきがそれを欲しがって、おみつにねだっていたという話を聞きました。おみつはおあきに簪をくれてやっていたのです。それで取り違えが起きて、とうとうおちかは実の娘を手にかけてしまいました」

「それで――」

首を絞められたおみつがおあきならば、〝おっかさん、どうして〟というおあきの苦悶《くもん》の言葉ほど、哀れなものはなかった。

「酷い話ですね」

「酷すぎる話ですよ」

立ち上がった新兵衛は線香の火を消すと、仏壇の扉を閉めた。

「あの世があるならば、おちかは自分がわが子を手にかけたと知ることになる。ならば、こうして供養していながらおかしいのですが、いっそあの世などない方がいいと思うことがあります。おちかもおあきもおみつも、どうしてこんなに酷い思いをしなければならないのですか。神も仏もあったものかと思ったほどです。あのことを知るまでは――」

新兵衛はぎらりと目を光らせた。

「娘たちが焼け死んだ火事は仕組まれたものだったんです」

「本当ですか」

「神や仏を恨んだこともありましたが、ある時、ふとこれは悪い偶然だったのだろうかと思ったのです。あんな事さえ起きなければ、娘たちや女房は命を落とさずにすんだのですから。それで仙吉に命じていろいろ調べさせました。何と竈の裏から油が染みて焼け焦げた藁紐《わらひも》が出てきました。これで天麩羅鍋の油が竈の火に注がれたのです」

「だとしたらそれは――」

季蔵は〝夢さくら〟の店の者の仕業ではないかと言いかけた。

「小女のさきはおみつとおあきが物乞いの女に残りご飯を恵んだことを覚えていました。二人は物乞いを厨に入れて、何くれと世話をして帰したという話でしたが、その女というのは藁紐を手にして、重そうな瓶《かめ》を布に包んで持っていたそうです」

「その物乞いが付け火の張本人ですね」

「間違いありません。けれどもその女は大川から土左衛門《どざえもん》で見つかりました。お役人は誤って川に落ちたと言っていますが、わたしはとてもそうは思えません。物乞いは誰かに頼まれて付け火を工作した後、口封じに殺されたのです」

「だとしたら、その誰かが問題ですね」

「そうなのです。わたしはそいつ、真実《まこと》の下手人を見つけるまで死んでも死にきれません。あの世で三人に遭った時、合わせる顔がないじゃないですか。そいつを見つけないと、冥途でも、わたしたち家族は元のようになどなれはしない、そう思えて仕方ないんですよ」

聞いていた季蔵は、

――これを聞いて、おやじさんだったらどうしていただろうか。きっと相手には告げずに、憎き下手人を突き止めようとするだろう――

密《ひそ》かに新兵衛の手助けをする覚悟になっていた。

第二話　あおば鰹

一

手桶《ておけ》のたがねが跳ねたような甲高い鳴き声が愛《め》でられる頃となった。ホトトギスである。

江戸の四月はもう初夏である。

〝夢さくら〟の焼け死んだおみつ、おあきの姉妹が親切にしていた女の骸《むくろ》を改めたのは、北町同心田端宗太郎《たばたそうたろう》と岡っ引きの松次《まつじ》であった。新兵衛《しんべえ》からいきさつを聞いていた季蔵《としぞう》は、ある日、ふらりと一人〝塩梅屋《あんばいや》〟に訪れた松次に訊《き》いてみた。

「土左衛門《どざえもん》になった女を最後に見た人はいないんですか」

「女の土左衛門ねえ」

松次は持ち前の金壺《かなつぼ》まなこを眠たげに半開きにしている。

「誰かに物乞《ものご》いをしていたとか――」

「そういやぁ、笠《かさ》を被《かぶ》った旅の女と一緒にいるのを見たっていう話はあったな」

「その相手の身許《みもと》は？」

「そんなの、わかるわけねえだろ。ご新造も年増女《としま》もこの江戸には掃いて捨てるほどいるんだからさ」

「それはそうですね」

季蔵は落胆した。これでは女が口封じされたかもしれないという可能性も含めて、手がかりは無いも等しかった。

「それよか、ここの鰹《かつお》はまだなのかい」

ホトトギスの初音と鰹売りの触れ声は江戸の初夏の華であった。

「〝目も耳もただだが口は高くつき〟とありますからね」

季蔵は山口素堂の〝目に青葉山時鳥《ほととぎす》初鰹〟の句をひねった、よく知られている川柳を口にした。

「ってえことはまだなのかい」

松次は仏頂面になった。

初鰹は法外に高値であった。〝旨《うま》いが高すぎないもの〟を客に出すことにしている〝塩梅屋〟では、長次郎《ちょうじろう》の頃から、鰹売りの触れ声と同時に鰹が料理に出されることはなかった。一尾が二両、三両だったのが、しばらくすると、せいぜい一両ほどに落ち着く。これを待って仕入れるのだった。

「あと十日は後になりますすね」

「ほんとだな。十日後には食わしてくれるんだな」

松次の目は見開くと金壺そっくりになった。

「田端の旦那にそう言っといていいんだな」

念を押した松次に、

「よろしくおっしゃって下さい」

季蔵は笑顔で頭を下げた。

不浄役人ともいわれる〝たかり屋〟の同心たちの役得の一つが、お役目で料理屋に立ち寄ることがあればの話だが、この初鰹の賞味一番乗りであった。酒好きの田端は毎年、この時期になると鰹の刺身を肴《さかな》に、〝塩梅屋〟が暖簾《のれん》をしまうまで居座るのである。

松次を見送ったおき玖《く》は、

「おとっつあんね、初鰹の時期は〝空繁盛〟だって言ってたわね」

やれやれと呟《つぶや》いた。

「だって、おとっつあんたら、買値で売ってなかったんですもの」

長次郎はそこそこに値が下がったところで仕入れて客に出したが、せいぜいが、やや高値の時の鯛《たい》の刺身止まりの値で、儲《もう》けるつもりなど端《はな》からなかった。季蔵もこれに倣《なら》っている。それで客たちは喜んで押しかけてくれるのだが、初鰹の頃、〝塩梅屋〟は賑《にぎ》わいとはうらはらに、毎年赤字続きなのであった。

それから三、四日して、お涼《りょう》が北町奉行 烏谷椋十郎《からすだにりょうじゅうろう》からだと言って、金子《きんす》五両を届けてきた。

「旦那様は鰹はまだかと仰《おお》せです」

長次郎が死んではじめてお涼が届けてきた時は驚いたが、烏谷は毎年、初鰹に限っては、こうして、〝塩梅屋〟の仕入れに多少の貢献をしてきていたのである。

「旦那様はお奉行様ですから、鰹は鰹でも、商家の主《あるじ》がするような〝振る舞い鰹〟ではなくて、〝お助け鰹〟でしょうかしら」

そう言ってお涼は笑った。お涼は芸者をしていた頃からの烏谷の馴染《なじ》みで、今は長唄《ながうた》の師匠をして身を立て、南茅場町《みなみかやばちょう》にあるこぢんまりした一軒家に住んでいた。

この一軒家の二階には季蔵のかつての許嫁《いいなずけ》瑠璃《りり》が、心を病んだ身を横たえている。大身の旗本鷲尾《わしお》家の嫡男に横恋慕された用人の娘瑠璃は、季蔵という相手がありながら、無理やり側室にされた。それだけではなく、瑠璃をわがものとするため、嫡男がめぐらした悪《あく》辣《らつ》非道な奸計《かんけい》に落ちて季蔵は出奔、用人の父は責めを負って自害して果てた。その後、料理人となった季蔵と再会したのは、凄惨《せいさん》にも鷲尾親子が殺し合った雪見舟の中で、この時、瑠璃の心の糸がぷつりと切れてしまったのであった。

お涼が届けてきた翌日、季蔵は早速一尾鰹をもとめた。さく取りして刺身にすると、夕刻近く、南茅場町のお涼のところへ届けた。お涼はすぐに奉行所の烏谷に使いをやり、

「二階へおあがりなさい」

季蔵の胸のうちを察して早々に挨拶《あいさつ》を切り上げようとした。

「相変わらず眠ってばかりですか」

「お薬のせいですよ。でもお薬の量は減ってきています。以前は先生のくださるお薬をたんと煎《せん》じてさしあげても、横になるだけで眠らず、黙って涙を流しておいでしたからね。先生は眠れるのはよいことだとおっしゃっておいでです。だから心配はありません。長きにわたる心と身体の疲れが出ているのだろうということでした」

「それならよいのですが」

そうは言っても、季蔵はただただ、人形のように眠り続ける瑠璃が案じられている。

「そういえば、このところ、季蔵さんがおいでの時、瑠璃さん、いつも眠ってばかりですね」

気がついたお涼は、

「ならば、季蔵さん、呼びかけてみては？　相手が季蔵さんならきっと、瑠璃さん、目を開けて喜びますよ」

「そうしてみましょうか」

季蔵は二階に続く階段を上った。布団の上の瑠璃は童女のような無垢《むく》な美しさですやすやと寝息をたてている。これを見た季蔵は呼びかけて目覚めさせる気を失《な》くした。季蔵は幼少の頃から、幼馴染みの瑠璃を知っている。お転婆で明るい少女だった瑠璃は今ほど色白ではなかったように思う。たしか、よく笑った。屈託のない輝くような笑顔を思い出そうとするが、別人であったかのように思い出せない。今ここに臥《ふ》しているのは、うすばかげろうにも似た、ただただはかなげな美女であった。

季蔵はこの状態で呼びかけたところで、目は覚ましはするものの、正気が戻っていない瑠璃が不安げな目色で、じっとこちらを窺《うかが》うだけなのもわかっていた。季蔵のことがわかって、ほっと明るい目線を向けてくれることもたまにはあったが、そうでない時の方が多かったのである。

——瑠璃はこのままでいいのかもしれない。なぜなら、このままでいればその身に起きた、その目で見た、あまりに忌まわしくも酷すぎることのすべてを忘れていられるからだ——

季蔵がここまではっきりと瑠璃の今後について考えたのははじめてであった。

——それに瑠璃が元の瑠璃に戻って、前のようにわたしと向かい合うことができたとして、わたしは元の鷲尾家家臣堀田季之助《ほったとしのすけ》ではない。瑠璃と添うことなどできはしない。今、わたしは〝塩梅屋〟の主であるだけではなく、とっつあんのもう一つの顔、隠れ者の稼業も継いでいる。とっつあんのようにいつ命を落とすかわからない危うさを生きている。もしそうなったら、瑠璃に以前にも増して辛《つら》く悲しい想《おも》いをさせることになるだろう——

季蔵はそんな感慨にふけりながら、じっと瑠璃の顔を見つめていた。

瑠璃が咳《せき》をした。こんこんと軽いが気になる咳であった。頰《ほお》が熱を帯びたように赤く染まっている。前に訪れた時も耳にした咳である。

——もしや労咳《ろうがい》では——

季蔵はぎくっとした。肺に病が巣食う労咳なら、万に一も助からない死病である。

もし、瑠璃が労咳で命に限りがあるのだとしたらどうしようかという思いが、季蔵の心に暗雲のように広がっていく。雪見舟で再会、救出を果たしてからというもの、瑠璃のいない人生などもはや季蔵には考えられない——。

階段を下りる足音までも重くなったのだろう。茶を淹《い》れて待っていたお涼は季蔵の顔色にも気がついて、

「何か瑠璃さんに？」

眉《まゆ》を寄せた。季蔵が咳のことを案じると、

「それなら大丈夫ですよ。瑠璃さんの咳は治りにくい風邪《かぜ》だと先生が診たてておいででしたから」

お涼は安心させるように微笑した。

「それはよかった」

季蔵は張り詰めていたものが一挙にほどけて、知らずと微笑《ほほえ》みを返していた。

「今年の〝お助け鰹〟は少々、早かったでしょう？」

「そういえば」

「旦那様が瑠璃さんの咳を案じて、あれは滋養が足りないせいだって勝手に決めつけて、それでいつもより早い〝お助け鰹〟になったんです」

「ありがたい」

季蔵は今更ながら烏谷の深い思いやりを感じた。北町奉行であり、政《まつりごと》や商いの表と裏

をよくよく知り尽くしている烏谷は、さまざまな色の珠を多種多様な相手に投げつける、食えない正義漢ではあったが、時折、さらりと厚く素朴な人情を示すことがあった。鷲尾親子の死後、抜け荷などの悪事の総本山だった鷲尾家に関《かか》わっていた悪徳商人たちが、秘密を握っているかもしれない元側室瑠璃の命をねらってくることを見越して、お涼の家に匿《かくま》うことをはからってくれたのもその表れである。

二

「きっと瑠璃さん、鰹は生でなぞ召し上がらないわね。あたしは旦那様とお酒をつきあいながら、初鰹を辛子味噌《からしみそ》でいただくのに慣れてますけど、普通、女の人はあの独特の臭みが嫌だと言って、煮付けにして食べるでしょう？　せっかくのお造り、もったいないけど、瑠璃さんの分はそうしましょうね」

お涼がそう言って厨《くりや》へと立ち上がると、戸口の開く音がして、

「わしだ、季蔵は来ておるか」

烏谷の大きな身体がのしのしと廊下を踏む音が聞こえた。

季蔵が〝お助け鰹〟の礼を言うと、

「何だ、水くさいぞ」

烏谷は大口を開けて笑い、

「しばらくぶりだな。話がしたい」

と言った。

「これから店です。暖簾をしまったらこちらから伺います」

「それには及ばない。わしからそっちへ行く。〝塩梅屋〟の離れを開けておいてくれ」

「離れですか」

季蔵は浮かない顔になった。

「どうした？　気に染まぬ顔だな。わしが行っては悪いか」

「仏壇を移したんでおき玖ちゃんがよく供養にくるんですよ。もし、余計なことでも耳に入ったらと――」

「仏壇が離れにあるなら長次郎にも会えるというものだ。大丈夫だよ。わしは長次郎と始終あそこで会っていた。仕事の時もあったが、そうではないよもやま話で盛り上がることの方が多かった。だから、わしがまるでもうあの離れを忘れたかのように訪れない方が、かえって不自然だ」

「それはお奉行様ととっつあんが親しくされていたからでしょう」

「ほう、そうするとそちはわしと親しくなんぞしたくないというわけなのか」

烏谷の大きな目が悲しげに曇った。

「そういうわけではありませんが」

季蔵は苦笑した。

「ならば時々は寄せてくれ。お涼のところもいいがたまには、志を同じくする男同士、女抜きで胸襟《きょうきん》を開いて話をしたいものだ」

本当に志が同じかどうかはまだわからないと思いつつ、

「それではお待ちいたしております」

季蔵はお涼の家を出た。

烏谷が離れにやってきたのは四ッ半（午後十一時頃）近くであった。周囲の店も家もとっくに寝静まっている。酔いのまわった烏谷は上機嫌であった。

「すみません。酒はつけられますが、もう鰹の刺身はありません」

詫《わ》びた季蔵はことの次第を説明した。

「おやじさんの日記に〝初鰹――初日は烏谷椋十郎様、田端宗太郎、松次〟とあったので、半身はそちらへ届けて、後はお二人を呼んで召し上がっていただきました」

機嫌を損ねるかと思いきや、

「それはよいことをした」

烏谷は心からうれしそうに笑った。

「田端とやらには珍しく楽しい酒であったろう」

その日、客はこの二人に限った。田端宗太郎は鰹の刺身を腹に収めながら、刺身を飯のようにかき込む下戸《げこ》の松次と二人、交代で下手な都々逸《どどいつ》を唄い、憚《はばか》ることなく奉行所内の事無かれ主義をあげつらい、上司の何人かをこきおろした。上機嫌この上なかった。

「田端様をご存じなのですね」

奉行ともなると顔を見知っているのは普通、与力《よりき》止まりである。

「いつだったか、この店で会った。折よく、わしは普段着を着ていたので、年には早いが隠居の身ということにして話をした。向こうはわしを知らぬようだったので、わしは面白く、あの二人の大騒ぎのうさ晴らしを聞いたのだよ。それであの男、田端宗太郎の頭が鋭く、実はできる男なのに、上司に阻まれるばかりで、働き甲斐《がい》を失っていることがよくわかった。取り立ててやれるものならと心がけてはいるが、身分の壁は厚い。それでせめてもと長次郎に頼んだ」

「それが〝お助け鰹〟のはじまりだったんですね」

「田端たちだけが役得で初鰹にありつくのもいいが、初鰹がここまで人を喜ばすものなら、ここへ来る客たちに、一人でも多く、その喜びを分けてやりたいと思ったのだ」

「そうでしたか」

「それに初鰹は刺身だけではない」

「それは——」

いったいどういうことかと季蔵は怪訝《けげん》な顔を向けた。

「さく取りした後の鰹はどうしておる？」

「血合いの付いた骨のことですね」

血合いというのは血の色をした鰹の肉の部分である。血の匂《にお》いが強すぎて刺身には適さない。

「血合いは煮付けて賄《まかな》いにすると決まっています」

「残っているか」

「ええ、多少は」

「それを貰《もら》いたい」

「えっ、召し上がるのですか」

　驚いた季蔵に、

「その通りだ」

　烏谷は目を輝かせた。

「好物中の好物でな、これも長次郎によく食べさせてもらった」

　季蔵が鍋《なべ》を漁《あさ》って血合いの煮付けを皿にのせて出すと、烏谷は骨に付いている鰹の黒い肉を器用に箸《はし》で取って口に入れた。そして、

「湯だ、湯がほしい」

　と言い、急いで季蔵が土瓶を火にかけて湯を沸かすと、

「丼鉢《どんぶりばち》」

　一声発して、丼鉢を持ってこさせると、そこへ骨だけになった煮付けを汁ごとざっと入れ、湯を注がせた。ずずっと音を立てて啜《すす》り込みながら、

「旨い。見栄《みえ》を張って初鰹を辛子味噌なんぞで食ってはいるが、実はこれの方がわしは好きだ。食べ物の贅沢《ぜいたく》なんぞ逆立ちしても許してもらえなかった、子どもの頃を思い出す。

子どもの頃、鰹に限らず、煮魚が膳《ぜん》に上れば、いつもこんな風に汁を舐《な》め尽くしたものさ。汁が醤油《しょうゆ》だけじゃなく、砂糖入りだと甘くて旨くてなおうれしかった。もっとも、こんなものにも名が付いているそうだよ。長次郎が客の一人から聞いたそうだ」

「それは何という？」

「はてねえ」

烏谷はぴしゃぴしゃと額を叩きはしたが、

「忘れてしまった。さっぱり思い出せない」

と頭を掻《か》いた。

この後、季蔵はふと思いついて、〝夢さくら〟の姉妹の死の原因がどうやら付け火で、下手人と思われる女が大川から土左衛門で上がったいきさつを話した。蛇《じゃ》の道はへび、烏谷なら何か知っているかもしれないと思ったのである。

「ふーむ」

烏谷は唸《うな》った。この大男に限っては、酔いが回っても頭が鈍ることなどないのである。

「その付け火、桜屋新兵衛をねらったのならわからぬ話ではない」

酔眼をぎょろりと剝《む》いた。

「ついこの間まで店と厨を仕切って、天麩羅《てんぷら》や薩摩《さつま》揚《あ》げを揚げていたのは新兵衛だろう？」

「昨年の暮れまでは。事件が起きたのは二月ですから、新兵衛さんが厨を離れていたのは、たった二ヶ月の間です。それまで新兵衛さんは心の臓の病を何とかこらえ、店の者にも隠して働いていたようです。それでとうとうよろけた弾みで、足を痛めてしまいました。以来は、姉妹がけなげにも店に出て厨でも働いていたのです。それで〝振《ふ》り袖《そで》天麩羅〟と評判になったのですが、新兵衛さんをねらったのなら、〝振り袖天麩羅〟の評判を知らない者の仕業ということになりますね」

「木原店《きはらだな》近くの者たちは〝振り袖天麩羅〟をもてはやしていたのだな」

「たいした評判のようでした」

「主がねらわれたのだとして、物乞いの女に細工をさせた真実の下手人は、木原店近くに住む者ではないことになる。あるいはその手の噂《うわさ》にまるで疎《うと》い奴か――」

　烏谷は珍しく眉間《みけん》に深い皺《しわ》を寄せた。

「何かお心当たりがおありなのですか」

　これには答えず、

「悪いことの起きる前兆でなければいいのだが」

　烏谷はすっかり酔いの醒《さ》めた顔になっていた。そして、

「これはそちも知っておいた方がいいだろう」

　と前置きして、

「桜屋新兵衛はただの薩摩商人ではない。祖父の初代光兵衛《こうべえ》は奄美《あまみ》の役人とよしみを通じて、藩の筆頭商人にまで上りつめた男だ。新兵衛の父親はその二代目で、薩摩で桜屋とい

えば泣く子も黙る、押しも押されぬ商人だ。常に大きな商いを自在にしている。新兵衛は次男の分家だが分家にすぎぬわけではない。本家の桜屋を継いだ長男以上の力を手にしている。それが何だかわかるか?」

「初代が奄美の役人とよしみを通じたとあれば、黒砂糖ですか?」

「その通りだ。新兵衛は厨で薩摩揚げを揚げているだけではない、料理茶屋の〝夢さくら〟を商っているだけでもない。この江戸で、奄美からの黒砂糖を分配する権限を握っているのだ」

と烏谷は季蔵が予想だにしていなかった新兵衛の正体を明らかにした。

三

それからまた何日かして、初鰹の値が八百文に落ち着くと、これを仕入れた季蔵はまず、喜平《きへい》、辰吉《たつきち》、勝二《かつじ》の三人のために刺身に下ろした。

長次郎の日記には〝初鰹〟について何行も書かれていて、〝初鰹、一尾八百文、お馴染み、喜平、辰吉、勝二〟とあったからである。

次には〝初鰹、医者殺し〟とある。これについては前の〝さつま鯛〟同様、料理の名にはちがいないと思うが、皆目見当がつかない。〝さつま鯛〟の時には食べさせた喜平と辰吉の名があったが、こちらにはそれもなく、〝医者殺し〟などと物騒に書かれていると、なまじ生ものであるだけに、食中毒でも起きたのかと気がかりであった。

おき玖にも訊いてみたが、

「聞いたことないわ。それにしても縁起でもないわね、〝医者殺し〟だなんて」

と顔をしかめた。

三人にはすでに今宵は初鰹の賞味会であると伝えてある。

夕刻になってはじめに店に入ってきたのは辰吉であった。

「あとの二人はそのうち来るよ。今夜はちょいと事情が込み入っててな」

そう言って辰吉は、酒を注文した。

「込み入った事情って？」

おき玖は不安そうに目をぱちぱちさせた。この時期、辰吉の女房、おちえは機嫌が普段にも増して悪いはずであった。初鰹一尾は女物の新しい浴衣《ゆかた》が一枚買える値段である。おちえは浴衣欲しさに内職をして金を溜《た》めていた。これを一昨年《おととし》、辰吉はおちえに内緒で鰹に換えてしまったのである。この時、夫婦喧嘩《げんか》の末、辰吉は〝塩梅屋〟まで逃げてきて、押し入れに隠れるなどしたが、追いかけてきたおちえのふくよかな顔は、眉が吊《つ》り上がると迫力が増して、細面《ほそおもて》の鬼女などよりよほど恐ろしかった。

「ありゃあ、手負いの雌猪《めすいのしし》の顔だよ。今にも食われそうだ」

「出てこい、この馬鹿亭主」

と息巻いたおちえは、見ていた喜平までが青ざめるほどの大立ち回りであった。

以来、初鰹の時期の辰吉は大人しい。うっかり口を滑らせて、おちえが思い出してはまずいと、何より女房の悪口の源である酒を控えている。

「江戸っ子が買わなくて誰が買うんだい。兄さん、江戸っ子なら鰹だよ、鰹、鰹、初鰹」

などと鰹売りが言葉巧みに辰吉の虚栄心をくすぐっても、歯を食いしばって、金輪際、初鰹は買わず、本人の言葉を借りれば、

「俺は〝塩梅屋〟で細々と鰹が食えればそれでいいや」

という具合で、ややいじけてはいるものの、落ち着いてはいた。

それを突然、〝込み入った事情〟などと言われては、おき玖が案じるのも無理はなかった。

「これを預けられてね」

辰吉は一両を懐から出して季蔵の目の前に置いた。

「この店じゃ、とっつあんの頃から、毎年、元値を割った値で初鰹を食わしてもらってる。わかってんだよ、俺たちだって。だから今年は多少、これで——。ま、こんだけじゃ、これまでの恩返しにもならねえだろうが」

「そう言われても——」

季蔵は困った顔で一両小判を見つめた。

そこへ、

「ふう、やっとここまで来た」

戸口で勝二の声がした。

「ご隠居、あんまり思い詰めちゃいけませんよ。後生ですから、さっきみたいに、橋にしゃがみこんで川なんぞながめていないでくださいよ」

勝二は喜平の腕を引っぱるようにして中へ入ってきた。

「まあ、いったいどうされたんです。お怪我《けが》でも？　それともお具合が？」

あわてておき玖はかけよった。

「どうもこうもありません」

まだ暑さとはほど遠いというのに、勝二は額から汗を吹き出させている。

「ご隠居がね、こんな具合で――」

喜平はしょんぼりとうなだれている。下を向いたまま誰とも目を合わせようとしない。

「さあさ、お座りくださいな」

おき玖はいつもの席に喜平を座らせた。勝二を挟んで喜平と辰吉が並んだ。

「なあに、いつものことさ」

辰吉の酒は顔が青くなる。

「ご隠居ときたら全く懲りないよ」

吐き捨てるように言って、

「一昨日《おととい》、ご隠居はへそくりで鰹売りから初鰹を一両出して買ったんだ」

「そりゃあ、豪勢ですね」

季蔵は相づちを打った。

しかし、毎年、喜平の初鰹は〝塩梅屋〟と決まっていた。浮気をして鰹売りから買うようなことは未《いま》だかつてなかった。それで喜平の家の息子のところに、祝い事でもあったのかと季蔵は思ったが、それなら祝い鯛のはずで、いくら初鰹が貴重で高価だからと言って鯛に取って代われるわけではなかった。

「さぞかしご家族は喜ばれたでしょうね」

おき玖は目を細めた。

鰹は巨大な魚ではなかったが、一人で隠居が平らげることができるほど小さくはない。

「だといいんですがね」

辰吉は三角の目をぐるっと丸く回した。やや意地の悪い仕草であった。

「よりによって、ご隠居がへそくりをはたいたのはこれのためでね」

辰吉は小指を立てて見せた。

「新しく店に入った小女《こおんな》がちょいと可愛《かわい》いからって、その娘に食べさせるために馬鹿高い鰹を買ったんだよ、このご隠居は。それを息子に知られちまって、ご隠居はさんざん油を絞られただけじゃない、飲み友達で親しくしてる俺が呼ばれたってわけさ。息子はご隠居と違って助平じゃないし、よく出来た人だ。もう、金輪際、初鰹のことで悶着《もんちゃく》を起こして欲しくない、初鰹は〝塩梅屋〟でだけ食べさせてくれって、一両よこしてきなすったんだ。だから、季蔵さん、そいつはどうかおさめてくださいよ。息子からの言づてみたいなもんなんだから。それにしても、わかるよ、息子の気持ちは。ったく、店の者に示しがつかないし、何より、いい年をしてみっともない。ほんとはご隠居、その娘に旨い鰹を食べさせる代わりに、蹴出《けだ》しの中でも覗《のぞ》かせてもらう約束でもしてたんだろう？　そうなんだろう？」

　酒を飲み続けている辰吉の顔はますます青くなり、口調はなめらかになってきた。

「辰吉さん、そこまではちょいと言いすぎだよ」

　おろおろと勝二がたしなめたが、もう遅く、

「馬鹿を言うな」

　真っ赤な顔で喜平が一喝した。

「わしはそんな野暮臭い助平心で娘に初鰹を振る舞おうとしたんじゃない。鰹節はおろか、鰹と名のついた魚を一度も見たこともなければ、聞いたこともないという山育ちのその娘に、こんな旨いものがこの江戸にはあるんだと教えてやりたかっただけのことだ。それでもこれを助平と言うのなら、粋な助平と言ってもらいたいものだ。ただし、始終、転がした方が早い女房の尻に敷かれている奴にだけは、言われたくないがね」

　すると辰吉は、

「助平爺《じじい》、俺のおちえのことを今、何と言った？」

　とうとうこめかみに青筋が立った。

「ありゃあ、女じゃない。転がしがいのある丸太だと言ったが悪いか？　おまえさんだっていつも耳にたこができるほど、そう言ってるじゃないか」

「おちえは俺の女房だ。俺がどう言おうとかまわないが、人がとやかく言うのは許さねえ。あいつだって可愛いところもあるんだ」

辰吉はいきり立って席から立ち上がった。

「いいだろう。こう見えても数寄屋《すきや》町の履物屋の喜平、若い頃はめっぽう喧嘩に強く、女子どもに弱い、いなせな下駄職人で鳴らしたもんだ。負けねえぜ」

喜平も腰を浮かした。さすがに年のせいで、辰吉ほどは勢いよくは立ち上がれない。よろけかけた喜平を二人の間に座っていた勝二が立って支えた。

「辰吉さん、ご隠居を殴るんなら俺を殴ってくんな」

勝二は辰吉の前に立ちはだかった。そして、

「それに俺はさ、初鰹を食うなら勝一《かついち》の武者人形でも買ってやれって、おかいやおかいの父親の親方が言うもんで、初鰹は自分の銭じゃ食えないんだよ」

勝二は、辰吉が季蔵の前に置いたままにしている、喜平の息子が預けたという一両小判を拝むように見た。

「それではこうしましょうよ」

季蔵はその小判を懐におさめて、

「これは〝塩梅屋〟でありがたくいただくことにいたします。そして、皆さんへの初鰹は、喜平さんの息子さんからの振る舞いとさせていただきます。ですから、喧嘩はしばらくお休みにして、まずはせっかくの〝振る舞い鰹〟を食べてごらんになってはいかがです?」

と持ちかけた。

「そうですよ。鰹は足の早い魚ですからね。下ろしたばかりの刺身が台無しにならないうちに召し上がっていただかないと――」

すかさずおき玖も口を添えた。

「それならまあ、仕方ないか」

渋々と喜平は腰を床几《しょうぎ》に落ち着け、

「勝二、これはおまえに免じてだからな」

辰吉も勝二を睨《にら》みつけながら遅れて座った。

「ご隠居は蓼酢《たですす》、辰吉さんは辛子酢、勝二さんは辛子味噌でしたね」

おき玖は念を押して、鰹の刺身につけるたれの支度をはじめた。毎年、これはおき玖の役目であった。

四

鰹の刺身には辛子と味噌をすり合わせた辛子味噌が多く好まれたが、辛子酢、蓼酢などの通ぶった食べ方もあった。臭みのある川魚料理に欠かせない、ぴりっとした味の蓼酢は、飯粒と蓼の葉をすり合わせ、土佐酢で伸ばした後、裏ごしするのが普通だったが、濃厚な食味の鰹に合わせる場合に限って、とろりとくどくなる飯粒は使わず、蓼の葉と土佐酢だけで、さらりと仕上げてたれにするのが、長次郎以来の〝塩梅屋〟流である。辛子酢も同様で卵の黄身は合わせずに、辛子と土佐酢だけで鰹の刺身に合わせた。

たれが調うと三人は出された初鰹の刺身を一切れ一切れ、じっくりと時をかけて味わった。

「どうしてこう初鰹ってえものは旨い匂いがするのかね」

辰吉は食べるのを惜しむかのように、一切れ食べると、くんくんと鰹の載った皿に向かって鼻を鳴らした。

「これはもうこの世の食べ物じゃありませんよ」

勝二はぷりぷりした大事な一切れを舌の上で噛《か》まずにゆっくりと転がした。

「だからみんな年寄りは長生きがしてえんだよ」

ごくりと鰹を飲み込んだ喜平は深々とため息をついた。

三人とも初鰹を食べ終える頃には、すっかりさっきのいざこざは忘れてしまっていた。

「あと何回、ここで旬の鰹が食べられるかな」

勝二は真剣な目になり、

「おちえにも食わしてやりてえな」

と言った辰吉にふっと目で笑いかけた喜平は、

「くたばる時はこれが食える時期がいいね」

と呟いた。

「ところで鰹を使った料理で〝医者殺し〟というのを知りませんか」

季蔵は前から気にかかっていたことを口にした。

「〝さつま鯛〟と同じでとっつあんが作った料理だっていうのはわかってるんですが、どういうものかはわからないんです。皆さんならご存じかもしれないと思って――」

三人は顔を見合わせて、

「はて、そいつは聞いたことがないね」

喜平が答えた。

その時であった。がらりと戸口が開いて、上品な物腰の老爺《ろうや》が一人入ってきた。すっぽりと頭を包む角頭巾《すみずきん》を被り、首巻きをして、袖なし羽織を羽織っている。たくわえている口ひげも頭巾からちらちらほらと見えている。頭の毛も雪のように白い。

「きっと大店《おおだな》のご隠居さんですね」

勝二はさほど身なりにかまわない喜平に、当てつけと取られないよう、そっと季蔵に耳打ちした。

「ご立派すぎて少々、この店には不似合いだよ」

喜平は思いついたことを客の老爺にも聞こえるように言い、辰吉は、

「助平すぎるのも不似合いだぜ」

ふんと鼻を鳴らした。

二人が言い合いにならなかったのは、老爺の一挙一動に関心を寄せていたからである。

老爺は、

「ところで主の長次郎さんはお元気ですか」

と訊《たず》ね、季蔵が亡くなったことを告げると、

「これは心ないことをお訊ねしてしまいました。許してください」

丁寧に詫びて手を合わせた後、

「それではもうあの〝医者殺し〟は作ってもらえそうにありませんね」

肩を落とした。

「〝医者殺し〟を召し上がったことがあるんですね」

季蔵は身を乗り出した。

「それではどんな料理なのかおっしゃってください。鰹料理であることはわかっています。幸い鰹も活きのいいさくがまだ残っています」

「はい、左様です」

「鰹料理と言えば言えるが――」

老爺は小首をかしげた。

「〝医者殺し〟というれっきとした名があるのだから、料理には違いないのでしょうが、鰹のあらを生姜《しょうが》と砂糖を入れた醤油で炊いただけのものですよ。骨に付いている血合いが黒く煮上がって、何とも格別な旨さではありますが――」

「それだったんですね」

季蔵は思わず手を打った。

「それならこの〝塩梅屋〟の賄い料理のあら炊きです」

「まだ後があります。〝医者殺し〟はあらの身を食べ終えた後、熱い湯を注いで煮汁を薄め飲みほすんです。これが〝医者殺し〟の醍醐味《だいごみ》ですよ」

〝医者殺し〟は何日か前、訪れた烏谷が長次郎にもてなされたと語っていた料理と同じであった。

老爺はさらに、

「腹が空《す》いてる時には、薄めた熱い汁に冷や飯を入れてかきこんでも、ちょうどいい具合に舌が焼けずに旨いものです。たいそう滋味豊かなので、長州では当初〝医者いらず〟と呼ばれ、いつしか〝医者殺し〟に変わったと長崎に居た頃、長州の商人仲間に聞きました」

「長崎にいらしたことがあるのですね」

「今はこうして気儘《きまま》にしておりますが、元は船の方の商いをしておりましたから」

老爺はにこにこと笑って、それ以上のくわしい素性は語らなかった。

季蔵は〝医者殺し〟を老爺のために作った。老爺は旨くてならないといった風に目を細め、綺麗《きれい》な箸使いであらの身をほぐして食べ、音をたてずに汁を啜り終えた。

こほんと喜平のわざとらしい咳払いが聞こえた。辰吉が鼻を蠢《うごめ》かせ、勝二はごくりと唾《つば》を呑《の》み込んだ。

「ちょいと変わった鰹ですが、どうです、皆さんも一つ、召し上がってごらんになっては

――」

季蔵の勧めで、三人は無言のまま夢中で〝医者殺し〟を堪能した。三人と老爺との違いはずるずると汁を啜る音が続いたことではあったが――。

それから三人は初鰹の時期だけという言い訳を繰り返しながら、三日に一度は〝塩梅屋〟を訪れた。老爺の方は特に日を決めずにぶらりと立ち寄って行く。三人と老爺が搗《か》ち合うことも時にはあった。三人は鰹の刺身から始まって〝医者殺し〟で締めにしたが、老爺は〝医者殺し〟しか頼まず、代金は刺身の額を払って帰った。季蔵が、

「それは困ります」

と受け取らずにいると、

「それではこちらが困るのです。なに、ちょいとわたしはかけている願《がん》があるんですよ。受け取ってくださらないと満願にならないような気がしておりますんで――。長次郎さんならきっとわかってくだすったはずです」

老爺は言い張ってきかない。長次郎のことを持ち出されると季蔵も弱くて、

「それならありがたくいただきます」

釈然とはしなかったが、受け取り続けている。

こうした日々が続いて、三人と老爺は顔馴染みになった。三人は老爺のことが気になってならないのである。面と向かって噂話はできないし、話題にしている時に戸口から入って来られるのも間が悪いものだから、今日は老爺が訪れそうにないとわかる、夜更けた頃

になると、待ってましたとばかりに、かしましく老爺の話で盛り上がった。

「たしかに〝医者殺し〟は旨いには旨い。だが初鰹はやはり刺身だよ。刺身には敵《かな》わない。あの爺さんが何で刺身を食おうとしないのか、俺にはさっぱりわかんねえよ」

辰吉は首をひねった。

「はじめに願をかけていると言ったじゃないですか。刺身断ちをしてるんですよ」

勝二の言葉に、

「願ってえのはやっぱしこれかい」

辰吉は小指を立て、

「ここにいるご隠居ならいざ知らず、あちらさんはそんな助平爺には見えなかったぜ」

と続け、喜平にじろりと睨まれた。

その喜平は涼しい顔で、

「女は悪くねえもんだよ。女好きが卑しいなんてのは、女房の尻ばかり追いかけまわしてる、もてねえ男の決まり文句さ。あの品のいい爺さんの願だって、案外、艶《つや》っぽいものかもしんねえよ」

小指を立て返して見せた。

こうした同じような話を三人は飽きもせずに繰り返した。

そんなある夜半、老爺は訪れなかったが、紋付きを着、大きな髷《まげ》を結った若い男が戸口から入ってきた。芸人と思われる男の所作には、颯爽《さっそう》と言おうか、何とも粋なすがすがしさが感じられた。磨きのかかったいい男ぶりでもある。

「〝医者殺し〟ってやつを食べさせてくれませんかね」

　よく通る艶っぽい声であった。

五

「松風亭玉輔《しょうふうていたますけ》さんじゃありませんか」

　そう言っておき玖は目を瞠《みは》った。

「おい、何でえ、その噺家《はなしか》みてえな名は」

　辰吉は小声で言ったつもりである。

「これだから野暮天はうっとうしいね。松風亭玉輔はまだ二つ目だが、これからぐんぐん竹林みてえに伸びようっていう、折り紙付きの噺家だよ。江戸っ子は噺好きと相場が決まってる。これぐれえ、知ってねえと江戸っ子だなんて見栄、張れねえもんなんだがな」

　ここぞとばかりに喜平は辰吉を皮肉った。

「知っていてくださってうれしいです。まだ前座から二つ目に上がったばかりで、来月、やっとあの林屋の高座に上れるようになった駆け出しの身ですから」

　玉輔はぺこぺこと頭を下げた。何度も頭を下げられた喜平は、

「あんた今、〝医者殺し〟を頼んだね」

「ええ」

「そいつは止《や》めときなさい。〝医者殺し〟なんて旨いが〝あら炊き〟だからね。そもそも鰹は初鰹じゃなきゃ、下魚《げざかな》と言われてるんだし、そいつのあらを食ったって、芸も名前も売れっこない。出世にかかわるよ。せめて食うなら刺身だ、ねえ、季蔵さん」

喜平は季蔵に同意をもとめたが、季蔵は黙って玉輔の顔を見ていた。

「それはだめなんです。ところでここにおいでだった主の長次郎さんは――」

季蔵から長次郎が鬼籍に入ってしまったことを聞くと、急に涙ぐんだ玉輔は、

「五年前のことでした。噺家になることに決めて、親に勘当され、今の師匠のところへ弟子入りする覚悟をした時のことでした。ここに立ち寄って、その話を長次郎さんにしたんです。すると長次郎さんは噺家の修業がたいそう厳しいという話をしてくれた後、〝医者殺し〟を食べさせてくれました。初鰹を食べたくても食べられないような時でも、これなら何とか手に入れて食べられる。噺家になるなら、どんな年でも初鰹だけは食べ続けるぐらいの気概を持って、江戸っ子中の江戸っ子になるんだと励ましてくれたんです」

と言って手を合わせた。

「そうだったんですね」

感無量の季蔵は〝医者殺し〟を作る支度を始めた。

二人のやりとりを聞いていた勝二は、

「また出ましたね、〝医者殺し〟」

興味津々といった表情で、

「爺さんの次は噺家か」

辰吉も身を乗り出して、

「長次郎さんの恩に報いようってえのは、いい心がけだよ」

喜平は玉輔に笑みを向けた。

三人の話は玉輔の耳にも入っていて、

「近頃、わたしのほかに〝医者殺し〟を頼んだ方がいるんですね」

季蔵に訊いた。

「おいでになりました。ご隠居様とお見かけするお方です。願をかけておいでとかで──。お知り合いですか」

「いいえ、知り合いではありません。わたしは先に申しました通り、力づけてくれたここの主に昇進の報告をしたかっただけです」

玉輔は煮付けた〝医者殺し〟を旨そうに突きはじめた。噺家の修業で扇子を使い慣れているせいか、箸の運びも流れるようである。

喜平は玉輔が〝医者殺し〟を食べ終わるのを待って、

「ちょいと聞いてもらいたいことがある」

「何でしょう」

「ここの初鰹の刺身はそこらのものと違う。どう違うかというと、相場からかけ離れて安い。この時期、持ち出しで客に鰹を振る舞うのが、亡くなった長次郎さんの心意気で、今はそれをこの季蔵さんが〝塩梅屋〟と共に継いでいる。そうなると、もうこりゃあ、初鰹であってそうじゃねえ、〝人情刺身〟だ。だとしたら、笑いと一緒に人の世の情を語る噺家のあんたが、そいつを食わないで帰る手はないと思うがどうかね」

珍しく辰吉も喜平の言い分にうんうんとうなずいて、

「ここへ来てあらしか食わねえのは、〝塩梅屋〟に尻《けつ》をまくってるようなもんだよ」

すわった目で言った。

玉輔は脅しめいた辰吉の言葉にたじろぐ風もなく、

「〝医者殺し〟は長次郎さんに礼が言いたくて食べさせていただきました。もちろん、〝人情刺身〟もいただくつもりです」

笑みを絶やさずに、

「ただしたれは醬油と生姜でお願いします」

と言い添えた。

「醬油と生姜とは変わっておいでですね」

おき玖は生姜を下ろし始めた。

「鰹の時期になると長次郎さんの言葉を思いだして、ずっと〝医者殺し〟を作って食べていました。金がなく砂糖なぞ買うことができないので、味付けは醬油だけのこともありましたが、生姜は無理して買いました。鰹に生姜はよく合うからです。今年、昇進しましたが、つい先だって、御祝儀にと鰹を一尾いただきました。もう何年も口にしていない刺身を食べました。たれは醬油と生姜で。いつしか〝医者殺し〟の味付けが馴染んでいたのです」

「なるほど、醬油も生姜も濃く強い味だから、癖のある鰹には合うのかもしれませんね」

季蔵は感心した。そして、

「いかがです。皆さんもたまには〝医者殺し〟のたれになさっては？」

ともちかけたが、三人は、

「とんでもねえ、ごめんだよ。俺は辛子酢でいい」

「蓼酢じゃなきゃ、せっかくの鰹が台無しじゃないか」

「わたしは皆がこれでよしというもんが好きなんです。げてもの食いじゃないんです」

口々に悲鳴を上げた。

ちろりの酒を飲んで、鰹の刺身を生姜醬油で食べた玉輔は、

「ああ、旨かった」

大きく伸びをして、

「そこそこ酒も回ってきたし、何だかここが寄席《よせ》みたいに思えてきました。どうです、皆さん、こうして袖すり合うも何かのご縁、わたしの拙《つたな》い噺をご愛敬《あいきょう》にお聴きくださいませんか」

と言った。

「是非お願いします」

真っ先に頼んだのはおき玖であった。

「いいね」

喜平は目を輝かし、

「木戸《きど》銭《せん》要らずで噺が聴けるんですね」

勝二がみみっちいことを口走り、

「やってもらおうか」

辰吉は大仰《おおぎょう》な物言いをした。

季蔵は、

「どうかよろしくお願いします」

頭を下げた。

玉輔が選んだ演目は〝酢豆腐〟であった。〝酢豆腐〟は何でも知ったかぶりをする金持ち男に、腐って饐《す》えた味のする豆腐を珍味だと言って騙《だま》して食べさせ、溜飲《りゅういん》を下げるという噺であった。金持ち男が最後までその通《つう》ぶりを通し、〝珍味に違いない〟と見栄を張り続けるところが、滑稽《こっけい》で面白い。噺好きで玉輔が贔屓《ひいき》のおき玖は夢中で聴き、涙が出るほど笑い転げた。

あの老爺が訪れたのはそれから三日後のことであった。三人も居合わせた。この日は松風亭玉輔の話になった。

「長次郎さんの恩を忘れずに〝医者殺し〟を食べにきたのはいいが、あの生姜醬油だけはいただけないよ」

喜平はため息まじりに呟いて、青葉色の蓼酢の入った目の前の小皿を見つめた。

「鰹は蓼酢じゃなきゃ」

「そうはいうが、あの時はあんたの蓼酢よりも、玉輔の〝酢豆腐〟の方が断然勝ってたぜ。俺はあれ以来、ちょいと噺が好きになった」

「辰吉さん、蓼酢と〝酢豆腐〟じゃ、話が違いますよ」

あわてて勝二が辰吉をたしなめた。

「ほう、松風亭玉輔さんとやらは、ここであの〝酢豆腐〟を演《や》りなすったんですね」

老爺が珍しく話に入ってきた。今までは、三人と搗ち合っても、自分の方から口を開くことなどなく、ただにこにこと笑って聞いているだけだった。

「どうでしたか。噺の出来は？」

老爺の顔から笑みが消えている。

うんと大きくうなずいた喜平は、

「昨日今日、噺を聴く素人《しろうと》の戯言《たわごと》は別にして――」

ぐいと辰吉を睨み据えて、

「寄席にもう何年も通ってるわしが言うんだから間違いない。よかったよ。いい〝酢豆腐〟だった。ねえ、おき玖ちゃん」

「あたし、あんなに笑ったの、おとっつあんがいなくなってからはじめてでしたよ」

おき玖は、しんみりと答えた。

「そうですか。そんなによかったですか」

老爺はうれしそうに笑った。そして、

「玉輔さんは生姜醬油で刺身を召し上がったんですね」

季蔵に念を押した。

「それはそれは美味《おい》しそうに召し上がっておいででした」

「ならばわたしも、刺身を生姜醬油でお願いします」

これを聞いた三人は啞然《あぜん》として顔を見合わせた。

六

その後〝塩梅屋〟を訪れる老爺は、喜平たちのように刺身と〝医者殺し〟の両方を堪能するようになった。

「よかった。何がどうとはわからないけれど、きっと念願が叶ったのね」

おき玖は優しい笑みを老爺に向けた。

老爺の好むたれは生姜醬油である。

「酔狂な」

などと喜平に呆《あき》れられても、

「そうですね、きっと」

とだけ答え、また以前のように自分からは決して口を開かない老爺であった。それでも、

「松風亭玉輔さん、あれ以来、来ませんね」

勝二がそわそわと待ちわびていると、

「人気が上がってきていますからね」

おき玖が言っただけではなく、

「きっとお忙しいのでしょうよ」

老爺は珍しく自分から口を開いて取りなした。

そんなある日、やってきた老爺は半刻（約一時間）ほど居ただけで、いつになく慌ただしく帰って行った。

老爺の皿小鉢を下げていたおき玖は、

「まあ、変わったこともあったものだわ」

思わず声を上げた。下げられてきた小鉢を見た季蔵も、

「ふーん」

どうしたのかと首をかしげた。

老爺は〝医者殺し〟に手をつけていなかったのである。生姜醬油のたれを添えた鰹の刺身も、おおかた皿に残っていた。

「願が叶ったからかしら？」

「前に刺身を食べずに〝医者殺し〟にするのが願掛けだとおっしゃっていました。だとし

たら、〝医者殺し〟は食べずとも、刺身は食べるはずですよ」

「夏風邪でも引いて具合が悪かったのかもしれないわ。気がつかなかった？　今日のご隠居さん、不機嫌というんじゃないけど、落ち着かない様子でぴりぴりしてたでしょう。身体がすぐれないと心も不具合になるものよ」

「そうかもしれませんね」

うなずいた季蔵に、

「でも、ご隠居さんにあたしたちが案じたことは内緒にしましょう。年をとると、身内でもない他人に身体のことをあれこれ気遣われるのは、親切が過ぎて、うっとうしいもんだって、おとっつあんが言ってたから。次にみえた時、何食わぬ顔をしましょうね」

とおき玖は言った。

二人が案じるまでもなかったのか、老爺は翌日、また〝塩梅屋〟の暖簾をくぐった。

「よかったわね」

戸口から入ってきた老爺を見たおき玖は小声で季蔵に呟いた。

「お顔がほっそりして、まだ窶《やつ》れているよう――」

おき玖は眉を寄せた。

「昨日の今日ですからね」

「贔屓にしていただけるのは有り難いことだけど、続けておいでになられたことは、はじめてね。よほど鰹がお好きで昨日、箸が進まなかったのが悔やまれたのかしら」

「まあ、そうなのでしょうね」

相づちを打った季蔵は老爺のために、いつもの生姜醤油だけではなく、蓼酢、辛子酢のたれを出すよう、おき玖に頼んだ。身体が弱っている時には酢の方が舌にさっぱりとして、生姜醤油は少々、くどいのではないかと思ったのである。

老爺はこの日長く店に居た。普段は一刻（二時間）ほどで帰り支度をはじめるのだが、居合わせた喜平たちと一緒に腰を上げた。

喜平は、

「昨日、寄席で玉輔の〝酢豆腐〟を聞いた。相も変わらずいい出来でね、いい入りだったよ」

と話しかけたが、老爺は無言であった。

「まだきっと本調子ではないのでしょう。でも――」

おき玖が下げた老爺の皿小鉢は、〝医者殺し〟こそ手がついていなかったが、刺身は綺麗に平らげてあった。

「まあ、蓼酢――」

老爺は蓼酢で鰹の刺身を食べていた。

「生姜醤油なんて変わった食べ方、玉輔さんにつきあっただけで、いつもはなさっていなかったのね」

客を送り出した後、外に出て季蔵とおき玖が暖簾を片付けていると、

「もう、終《しま》いかい」

暗がりを玉輔が歩いてきて立ち止まった。

「すみません。もう竈《かまど》の火を落としてしまいました」

「なに、高座を下りた後小腹が空いてね。気がついたらここへ足が向いていたのです。すみません、こんな遅くに」

そう言って玉輔は白い歯並みを見せて、おき玖に笑いかけると、客たちが帰って行った夜道を追いかけるように歩いて行った。

翌々日の昼すぎ、仕込み中の〝塩梅屋〟に、同心の田端と岡っ引きの松次がどかどかと入ってきた。

「よりによってここだったとはな」

松次は見慣れた〝塩梅屋〟を見回した。

「小網町の長崎屋五郎右衛門《ながさきやごろうえもん》が足しげく来ていたはずだ」

初鰹で都々逸を唸った時は別にして、日頃無表情で無駄口のない田端は、乾いた目を季蔵に向けた。

長崎屋五郎右衛門といえば江戸で一、二を争う廻船《かいせん》問屋である。

「どんなご様子のお方でしょうか」

「まだ店は誰にも譲っていないが、出かける時は隠居の形《なり》をしていたそうだ。眉と髭《ひげ》は真っ白で、角頭巾に首巻き、袖無しの羽織姿だったと聞いている。その五郎右衛門が一昨夜、自分の部屋のある離れで殺されたのだ」

「あのご隠居さんが」

季蔵は表情を曇らせた。

「そんなこと」

おき玖はその先は言葉も出ない。

「その様子だと長崎屋はたしかにこの店に来ていたようだな」

「亡くなられていた時の様子をお話しいただけますか」

「店の者の話では、一昨夜、五郎右衛門はここへ向かうと言って店を出て、いつもよりかなり遅く帰ってきたそうだ。珍しく酒でも過ごしたのかと、気になって、朝、手代が部屋を覗いてみると、五郎右衛門は首を絞められて死んでいた」

「下手人の見当はついているんですか」

おき玖はこみあげてくる下手人への怒りを押さえることができなかった。

「長崎屋には五年前勘当した一人息子五平《ごへい》が居る。勘当の理由は息子が噺家になりたいと言ってきかなかったせいだ。調べてみたところ、その五平は今、松風亭玉輔と名を改めている」

「ここへいらしたあの玉輔さん、ご隠居さんの息子さんだったんですね」

驚いたおき玖に、

「なに、松風亭玉輔を知っているのか」

田端はおき玖を見た。

「ここへ来たって？」

松次がぎろりと目を光らせた。

おき玖はあわてて、

「おいでになったと言ったって、前に一度いらしたのと、一昨夜遅く、店を閉めようとしていた時に姿をお見かけしただけですよ」

「長崎屋は一昨夜、ここから帰って殺されたんだぜ。玉輔がここへ立ち寄ったのは、五郎右衛門が帰ってからどのくらい後だい？」

「長崎屋さんは終いまでおいでしたから、四半刻（三十分）と経《た》っていなかったはずです」

「決まりだ」

松次は手を打った。

「これでわかりましたよ、旦那。玉輔はここから帰って行った長崎屋の後をつけて、離れの庭から忍びこんで殺したんですよ」

「ふむ」

田端はふっと息を吐いただけだった。

「それだけで玉輔さんを下手人だなんて決めつけるのはおかしいですよ」

おき玖は切り口上である。

「そんなことといったってね、仏の喉《のど》にはこれがあったんだよ」

松次は手で噺家が扇子を持つ仕草をした。

「亡くなっていた長崎屋さんのそばに玉輔さんの扇子があったんですか」

季蔵は訊かずにはいられなかった。

「いいや、そうじゃない。敵もそれほどとんちき間抜けじゃねえよ。そこまでのぬかりはしねえ。けどな、仏の喉にこうあったんだ」

松次は手刀を自分の喉に押しつけた。

「喉には扇子の痕《あと》が赤くくっきりと残ってたんだよ。扇子を押しつけて息を止めたってことを、この田端の旦那がさっと見抜いたのさ。下手人も不運だね。ほかのぼんくら役人だったら、とっくに見逃してるとこだ。天下一品の同心、田端の旦那だからわかったんだよ」

松次は得意げに胸を張った。岡っ引きと同心という立場上、多少の世辞はあるのだろうが、松次が烏谷言うところの〝できる男〟である田端に心酔しているのは事実だった。松次は先を続けた。

「それに松風亭玉輔らしき若い男が長崎屋の周りをうろうろしているのを、通りかかった夜鳴き蕎麦屋《そばや》が見ている。下手人は玉輔に間違いないさ」

「けれど、どうして、玉輔さんは実のおとっつあんを殺さなきゃならないんです？」

おき玖は食い下がった。

「知れたことだよ。長崎屋はあれだけの身代だ。近々五郎右衛門は店を大番頭の矢七《やしち》に譲ることになっていた。五郎右衛門は以前から周囲に、〝丁稚《でっち》の頃から手塩にかけた矢七は主の器だ。年も四十に近づいてきていていい潮時でもある。五平が血を分けた息子なら、矢七とは商いという強い絆《きずな》で結ばれている。矢七もわが子同然なのだ〟って言ってたそうだからな。それを玉輔は知ったんだろうよ」

七

「玉輔さんは二つ目に昇進して、これからというところですよ。芸で身を立てて行く覚悟もできているとお見受けしました。人気だってこれから鰻上《うなぎのぼ》りでしょう。そんな前途のある人が親を殺してまで、身代をねらうでしょうか」

おき玖は松次を睨んだ。

すると松次は、怒りのために赤く染まっているおき玖の頬にちらりと目を走らせて、

「噺家でも役者でも同じだが男前は得だ。出たては女たちの人気が集まる。だが噺が面白くなかったり、芸がまずかったりすると、そのうち飽きられる。松風亭玉輔の噺は聴いたことがねえが、まだ真打ちじゃないのは確かだ。やっこさん、格好をつけて意気がっちゃいるが、そいつは表向きで結構な借金があるんだ。噺家の昇進には振る舞い酒とか、いろいろ銭がたんとかかるからね。それで勘当したおやじを頼ったんだろうよ。あの夜、矢七に店を譲る前に勘当を解いて、そこそこ先行き困らねえよう、融通してもらいてえと頼ん

だんじゃねえか、と俺は思うぜ。けど噺家なんぞ、所詮《しょせん》浮き草稼業だ。苦労してここまでの店にしたおやじさんには、ここで息子を許せばずるずると言いなりに金をせびられて、店が傾くのがわかってた。それで五郎右衛門は息子の頼みを断り、あんなことになっちまったんだ。ねえ、旦那、そうですよね」

松次に相づちをもとめられた田端は、松次の話など聞こえていない様子で、

「しかし、何で長崎屋は離れで殺されていたのかな」

ぽつりと呟いた。

「旦那――」

松次がいったい何のことかと目を白黒させていると、

「田端様はこう思われておられるのでしょう。玉輔さんが下手人で、父親の五郎右衛門さんを殺したのなら、なぜ、ここから後をつけていって、夜道の途中で殺さなかったのかと――。その方が疑いはかかりません」

季蔵が説明した。

田端は目を閉じた。うなずく代わりのようにも見えた。

「そりゃあ、違うよ」

松次は季蔵を睨み据えて、先を続けた。

「親子だもの、はじめから殺す気はなかったんだよ。玉輔は勘当を解いてくれとおやじさんに泣いてすがったんだと思うね。ところがおやじはうんと言わなかった。そこでかっと

なった玉輔は我を忘れ、扇子を首に押しつけて殺してしまったんだ」

「たしかにおまえの言うことにも一理あるな」

目を開いた田端は松次に言った。

そこで季蔵は、

「一つ気になることがあるんです」

五郎右衛門、玉輔が共に汁まで啜る、鰹のあら煮にすぎない〝医者殺し〟を頼んだ話をした。

「おいでになっていた五郎右衛門さんは、玉輔さんがここへみえたとお聞きになるまで、決して初鰹の刺身を召し上がりませんでした。願をかけているとおっしゃっていましたが、それは高座に上れるようにまでなった息子さんが、ここへ来るようになって、いつかばったり会えるかもしれない楽しみのことだったのだと思います。今は亡きここのとっつあんは〝医者殺し〟を、客の五郎右衛門さんから教わり、玉輔さんに教えました。そしてこのことを各々《おのおの》に話しておいたに違いありません。とっつあんは進む道をめぐって諍《いさか》い、離れ離れになってしまった親子が、いつかきっと再会できるようにと、その思いを〝医者殺し〟にこめたのです。〝塩梅屋〟の〝医者殺し〟は親子を結びつける絆だったのです」

「親子の情か」

田端はそっけなく呟いたが、

「玉輔さん、ここで〝酢豆腐〟をお演りになったんですよ。聴いていた人が後でたいそう褒《ほ》めて、その時、おとっつあんの五郎右衛門さん、それはそれはうれしそうでした。こんなことになるんなら、あの〝酢豆腐〟、五郎右衛門さんにも聴かせてあげたかった」

思い出したおき玖は目頭を押さえた。

「それにしても泣かせる話だねえ」

松次はわざとらしく咳払いをした。

「たしかに五郎右衛門は息子の昇進を喜んだかもしれねえよ。けど玉輔の方は早くおやじに勘当を解いてもらって、金を無心したい一心でここへ来たのかもしれねえじゃないか。玉輔が〝医者殺し〟を頼んだ時、おやじのことを言っちゃいなかったかね」

じっと松次に見据えられた季蔵は、

「たしか玉輔さんは、ほかのお客さんたちが毎度、〝医者殺し〟を頼むご隠居さんの噂話をしているのを聞いて、同じものを頼んだ客がいるのかと念を押されました」

事実を話した。

「やっぱりな。ここの長次郎が二人に仕掛けておいた〝医者殺し〟に食いついて、おやじが来ているだろうって、見当をつけてやってきたんだよ。ただし、玉輔の本音は欲まみれで、おまえさんたちが言ってるように、父親恋しさだけの綺麗なもんじゃあ、なかったのさ」

松次はへの字に口を歪《ゆが》めた。そして、

「玉輔は番屋にしょっぴいてあります。これだけ裏が取れていれば、奴ももう言いのがれできないはず。旦那、今から行って締め上げましょう」

　せっかちに戸口を見たが、

「うーん」

　田端は唸り、

「これがどうもなあ」

　ぼそぼそと呟くと、懐から二つに折った懐紙を取りだして、季蔵の前に広げた。まず目に入ったのは点々と付いている小さな血の染みである。

「五郎右衛門の手の爪《つめ》の中にあった」

　田端の指摘だった。

「首を絞められた五郎右衛門さんは下手人に爪を立てたのですね。とするとこれは下手人の血――」

「ん」

「下手人は手とか顔などに怪我をしていることになりますね」

　さらにうなずいた田端に、ことの重大さを察した松次は、

「しょっぴいた時にはどこにも傷なんかなかったぞ」

　と残念そうに言った。

「気になるものが見えます」

　季蔵は血の付いた懐紙に目を凝らしていた。

「血でも肌でもないざらざらしたもの――。血に染まっていないところはどうやら白いようですよ」

「ざらざらした白いもの？　そういえば、殺されていた五郎右衛門の顎髭《あごひげ》にそんなものがまみれていたな。舐めると甘かった。砂糖は虫を呼ぶ。この時期、顎髭を砂糖まみれにしているのはおかしいとは思ったが」

「廻船問屋の長崎屋さんなら長崎から入ってくる砂糖も商っているはずです。砂糖蔵がどこにあるかご存じですか？」

「砂糖は湿気を嫌うので砂糖蔵は日本橋堺町に別にある。風がよく当たって乾いたところだ。長崎屋は江戸の白砂糖の分配権を握っているのだ。大きな白砂糖の商いをしている」

「それが何だというんだよ」

　松次は苛立《いらだ》った声をあげた。

「五郎右衛門さんは家の離れで殺されたのではないということですよ。なぜなら、離れの座敷に砂糖があるとは思えないからです。殺されるまで、砂糖がしまわれている砂糖蔵に閉じ込められていたにちがいありません。殺されるとわかっていた五郎右衛門さんは、砂糖の瓶から砂糖をつかみ出して、やみくもに自分の顎髭にこすりつけ、殺された後、下手人を教えようとしたのです」

「砂糖が教える下手人とは？」

「普段、砂糖蔵の鍵《かぎ》を預かっている人ですよ」

「となりゃあ、大番頭の矢七じゃねえか。馬鹿言っちゃいけねえよ。矢七は五郎右衛門が殺された日、朝から品川の得意先へ出かけていてその夜は泊まりだったんだ。店にもこの江戸にも居やしなかったんだからな」

そこで季蔵は訪れた五郎右衛門が、一昨夜とその前日、続けて、好物の〝医者殺し〟に手を付けず、生姜醤油のたれを添えた鰹の刺身をおおかた残し、たれを蓼酢に換えると残さず平らげた話をした。

「矢七さんって、顔も顎も細い人じゃありませんか」

おき玖は松次に訊いた。

「まあ、そうだよ。顔の小さな男だ」

「それで一昨日、何だかいつもと違って、面やつれして見えたんだわ」

「つまり矢七さんは五郎右衛門さんを砂糖蔵に連れて行って閉じ込めた後、用意してあった白い眉と顎髭を使って顔を変え、五郎右衛門さんがここへ来る時に着ている、角頭巾や首巻き、袖無しの羽織を身につけて、いつものように一昨日と先一昨日の二度、この店に来ていたのです。一日目は五郎右衛門さんに化けた姿が、わたしたちや客に見破られるかどうかの試しで、二日目は五郎右衛門さん殺しという計画を、いよいよ実行に移すためだったんです。この日、矢七さんは泊まりで遠出すると店の人たちを偽って砂糖蔵に潜んでいたのでしょう。うちに長く居座っていたのは、すでに殺していた五郎右衛門さんが生きていたように見せかけるためです。玉輔さんが立ち寄ったのは、全くの偶然でしかあり得ません」

じっと季蔵の話を聞いていた田端は、

「砂糖が何よりの証《あかし》。すぐに長崎屋の砂糖蔵だ」

勢いよく立ち上がった。

長崎屋の砂糖蔵からは矢七が主に化けるのに使った、白い眉や顎髭が見つかった。中村座の役者の一人が親しくしていた矢七に頼まれて、これらを譲ったと話した。矢七が主を殺す時に使った扇子も出てきた。こちらの方も売った扇子屋が矢七の貧弱な顔を覚えていた。

その上、矢七は手首に引っかき傷を作っていたのを、布を巻いて隠していた。こうして矢七の罪は紛れもないものとなった。

詮議の折、矢七は、

「この文です、こんなものさえなければ」

と口惜《くや》しそうに言って、送られてきたという文を田端に見せた。

その文には、

〝五郎右衛門と五平は血を分けた親子。所詮他人で使用人のおまえとは違う。五郎右衛門は近々、松風亭玉輔になった五平の勘当を解くつもりでいる。いずれ身代は五平のものとなり、おまえは滅私奉公を続けるだけの身となる。長崎屋の主になりたければ、五郎右衛門を殺して五平を下手人に仕立てるのだ。その後は何としても、長崎屋がおまえのものとなるよう、この文の主がはからう。嘘《うそ》ではない。必ずおまえの願いが叶うようにする〃と書かれていた。

恩ある主殺しの罪は親殺し同様重く、矢七は即刻断罪と決まって首を刎《は》ねられた。処刑を前にした矢七は、どこの誰ともわからぬ者から送られてきた文に踊らされて、あれほど目をかけてくれた父親同然の主を手にかけたことへの悔恨の情を、〃わたしはこの先きっと地獄に落ちます〃という言葉に代えた。

忠勤者の鑑《かがみ》と謳《うた》われた矢七の犯した罪に加えて、矢七に送られてきた悪事を唆《そそのか》す文が、瓦版屋《かわらばんや》によって江戸中に報《しら》された。それで季蔵やおき玖もこの文のことを知った。

「ひどい文だわ。真面目《まじめ》な善人を主殺しの悪人に変えてしまったんですもの。許せない」

おき玖が憤っていると、ある日の夕刻、田端と松次が訪れていつものように只酒《ただざけ》を飲み始めた。

「下手人の矢七に送られてきた文まで皆の知るところとなったのは、田端様のおはからいですね」

季蔵が訊くと、無言で酒を飲み続けている田端は目を閉じてしまったが、

「瓦版屋へ売って銭儲けをしたかったたと思ってもらっちゃ困るぜ。本当の下手人はあんな文を書いて矢七を焚《た》きつけた憎い奴だと、旦那も俺も思ってる。皆に知らせたのは何とか手がかりをつかんでそいつを踏ん捕まえ、八つ裂きにするためだよ」

松次はぎりぎりと歯嚙みをした。

季蔵も同感だった。この時、はじめて季蔵は二人の力になりたいと思った。だが、口に出すのはさすがに憚られる。それで言葉の代わりに鱸《すずき》を下ろして刺身にして出した。

「おっ、鱸だね」

松次は口走り、つむっていた田端の目が開いた。

すでに鰹の旬は過ぎている。

第三話　ボーロ月

一

暑さも盛りをすぎると、早朝、銀杏《いちょう》長屋を訪れる豪助《ごうすけ》の声は、

「あさり――しーじーみよぉーい」

の後、

「はまぐーりよぉーい」

で跳ね上がった。

「おかげではまぐりがよく売れるよ」

豪助は会心の笑みを浮かべている。季蔵《としぞう》が天秤《てんびん》の桶《おけ》を覗《のぞ》きこむと、もうはまぐりはあまり残っていなかった。

「そうだろう、中秋が近いから」

中秋の月見にははまぐりを月に供えてから、はまぐりを鍋《なべ》にしたり、吸い物にしたりして食べる風習がある。

「ただし月見の夜は兄貴もここへ戻らねえ方がいいぜ。俺も深川の住処《すみか》へは帰らねえつもりだ。女たちがうるさくてかなわねえ」

中秋は亭主が留守とわかっている、裏長屋の女房たちが集まって月見をする。踏み台の上に米櫃《こめびつ》を載せ、その上に一升徳利に薄《すすき》を差し込むなどして供物を供え、はまぐりの吸い物や鯖《さば》の煮付けなどを肴《さかな》に、心ゆくまで茶碗酒で楽しむのである。二枚貝の中でもことさら澄んだ水を好むはまぐりは、中秋の名月のように欠けることのない、堅固な女子の貞操を示すものとして尊ばれてきていた。もっとも月見の女房たちは教訓にあやかるつもりなどさらさらなく、洒落《しゃれ》でお歯黒を落とし、にわか生娘《きむすめ》を気取る好き者の年増《としま》もいて、きゃあきゃあと艶《つや》っぽい嬌声《きょうせい》が絶えなかった。

「去年、酒盛りをしている前を通っただけで身が縮んだぜ。女は強えなあとつくづく思ったが、がっかりもした」

楚々《そそ》とした美女が好きな豪助は、女だけの酒宴の騒々しい豪傑ぶりに辟易していた。

〝塩梅屋《あんばいや》〟でもこの時期、はまぐりは不人気であった。

「おちえの好物だからなあ」

辰吉《たつきち》は浮かない顔になって、

「中秋の夜はなるべく遅く帰れといわれている」

と続けた。

「うちでもこのところ、縁起ものだから勝一《かついち》のためになると、菜ははまぐりばかりで。せめて鍋や吸い物は止《や》めて、焼きはまぐりにしてはもらえませんか」

勝二《かつじ》も顔をしかめた。

「〝はまぐりは月見と聞いて死ぬ覚悟〟ってえ川柳があるぜ。わしなら、〝はまぐりよ月見と聞いても屁《へ》のかっぱ〟と励ましてやりたいね。たしかにこのところ、息子の気遣いが過ぎて、〝おとっつあんの好物だから〟ってはまぐりばかり膳《ぜん》に出てくる」

喜平《きへい》まで同調し、

「第一、中秋には必ず、柿、栗、葡萄《ぶどう》、枝豆、里芋の衣かつぎ、団子なぞを供えて、はまぐりを食わなきゃなんねえなんて、どこのどいつが決めたのかね。気に入らねえよ」

盃を重ねた辰吉の御託《ごたく》にも珍しくうなずいた勝二は、

「月見団子は勝一が嫌うんです。白いだけで味付けなしですからね。とはいえ、これも縁起ものだからと、よってたかって食べさせようとするんですが、なかなか食べてくれません。今年もきっと一苦労だと思います」

ため息をついた。

長崎屋五平《ながさきやごへい》が〝塩梅屋〟を訪れたのは、喜平たちとそんな話をした翌日であった。

断るまでもなく、長崎屋五平は噺家《はなしか》の松風亭玉輔《しょうふうていたますけ》である。父親の五郎右衛門《ごろうえもん》が大番頭の矢七《やしち》に殺された後、噺家を辞めて長崎屋を継ぐことになった。

「噺に未練はありますが、わたしが店を継がないと、お上は長崎屋を閉めるようお達しになると聞きまして、それでは使用人たちが路頭に迷って、気の毒なことになると思い覚悟を決めました」

〝塩梅屋〟にも挨拶《あいさつ》に訪れた際、五平はそう言った。大きな髷《まげ》を地味な町人髷に結い直した五平の様子には、以前とはまた別の律義で落ち着いた清々しさが感じられた。

その時、居合わせたおき玖《く》が、

「紋付きだけではなく、前掛けもきっとお似合いですよ」

と洩《も》らしたほどであった。

「その後いかがお過ごしですか」

昼間だったので、久々に訪れた五平に季蔵は茶を振る舞った。

「父は矢七に後を譲ると固く決めていたのですね」

五平は懐から五郎右衛門の日記を取りだした。

「ここに何度も繰り返し書いてありました。いかに矢七が陰日向なく働き、商いの壺《つぼ》を心得ているかも。ですから、わたしは父の見込んだ矢七に負けないよう、ただただ商いに励みたいと思っているのです。矢七のようになって、早く草葉の陰にいる父を安心させてやりたいのです」

「そのうち江戸を離れるようにもなるのでしょう?」

「うちは廻船《かいせん》問屋ですからね、長崎などへも出向くことになります。実は来月にもと思っていて、日々忙しくしているのですが、どうしても一つ気になることがあるのです」

そういって、五平は亡き父親の形見の日記を開いた。そこには、

〝中秋　ボーロ月〟

とだけあった。

「ボーロというのは南蛮菓子のことでしょう」

季蔵の言葉に五平はうなずいた。ボーロはポルトガルから伝来した菓子である。

「店の者の話では、父は今の時期、寿慶院《じゅけいいん》という身よりのない子どもばかり集めて育てている尼寺へ沢山のボーロを作って届けていたそうです」

「ボーロ月――ボーロの形は丸いので月見に重ねたのでしょう。丸いボーロは立派に月見団子の代わりにもなりますね」

「父があんなことになってしまったので、寿慶院に今年はボーロが届かないことになります。父は手ずから作っていたのですから、よほどの思いがあってのことだったのでしょう。父は幼い頃の思い出として、浮かんでくるのは、尼《あま》さんの顔だけだそうです。二親の顔を覚えていないんです。だから、寿慶院の子どもたちのことをとても気にかけていたんだと思います。あの世の父は、今年からボーロを届けられないことを、きっと残念に思っているにちがいありません。それでわたしが父の代わりに作って、届けようと思いついたのです」

「それはよい供養になりますね」

「ところが作り方がわからないのです。父は矢七以外、店の誰にも手伝わせなかったので、鉄鍋に並べて焼いていたことは知っていても、何をどのくらい使って作っていたのか、誰も知らないのです。困りました。何とかお力を貸してはいただけないものかと――」

「わかりました。お手伝いさせていただきます」

季蔵は迷わずに答えた。そして、

「お嬢さん、おき玖ちゃん」

二階のおき玖を呼んだ。菓子のことならおき玖の方がくわしいと思ったのである。

用向きを聞いたおき玖は、

「ボーロとおっしゃってもねえ」

目の前にいる五平の視線にどぎまぎして、やや顔を赤らめながら、

「胡麻《ごま》ボーロ、蕎麦《そば》ボーロ、形が丸でない花ボーロ、黒砂糖を使った黒いボーロ、いろいろあるんですよ」

と首をかしげた。

「胡麻は使わず、蕎麦粉ではなくうどん粉を使い、砂糖は白砂糖、形は丸と聞いています。父は南蛮菓子のビスカウトに近いものだと言っていたとか――」

「それならうどん粉に砂糖と重曹を加えて水で練り、落とし焼きにしてできるボーロのはずよ」

こうして三人はボーロ作りに取りかかった。粉や砂糖、重曹を合わせて水で練ったものを麺棒《めんぼう》で伸ばして丸い型で抜き、並べて弱火の鉄鍋で焼いた。しかし、出来上がったボーロは、

「やけに固いですね」

季蔵は一口齧《かじ》って首を横に振った。

「これなら練った米の粉を蒸して作る月見団子の方がましです」

「粉を固く練って型で抜いたりするからよ。タネの柔らかい落とし焼きならこんなではないわ」

おき玖の指摘に、

「落とし焼きでは形が不揃《ふぞろ》いになって、丸い綺麗《きれい》な形に出来上がりません。これは月見団子の代わりですからね、満月の形は譲れないんです」

季蔵は頑《かたく》なだった。

「たしかに」

味わった五平も顔をしかめている。

「子どもたちが喜ぶ味にはほど遠いですね」

「何が足りないのかしら？」

呟《つぶや》いたおき玖はあっと気がついた。

「卵よ。ボーロはいろいろ食べたことがあるけれど、美味《おい》しかったボーロは、カスティラのような黄色い色をしていたわ。あのボーロには卵が入っていたのだわね」

そこで次にはタネに卵が加えられた。

「卵の風味がふわっとしていいお味」

おき玖は満足したが、

「それでもまだ固いですよ」

五平はまだ不満だった。

「それに粉の味が舌に残りますね。もう少し香ばしい方がいいような気がします。菜種油を使ってみましょうか」

季蔵は揚げ物に使う菜種油の瓶に手を伸ばした。

「かき餅《もち》を思いだしたんです。油で揚げたかき餅は外がかりっと香ばしく、中はさくっと柔らかでしょう。ですからこれも——」

季蔵は穴子に醬油《しょうゆ》たれを塗るためなどに使う、小さな刷毛《はけ》を取りだした。その刷毛に菜種油を少量ずつ含ませて、満月の形に丸く抜いたタネの上に丁寧に塗っていった。

こうして焼き上がった三度目のボーロは、

「固すぎず、卵と焼き加減の風味が最高」

思わずおき玖が歓声をあげるほどの出来映えになった。

二

「ボーロはいつ届けられるのですか」

季蔵は五平に訊《き》いた。

「今年は明後日《あさって》が中秋ですから、明日にでも寿慶院に持って伺おうと思っております」

「それでは急がねばなりませんね」

そんなわけでこの日、〝塩梅屋〟では客が帰った後、季蔵に五平、おき玖に三吉《さんきち》も加え総出でボーロ作りに励んだ。

「店の者の話では、父はかなりの量のうどん粉や砂糖を用意させていたようですから、きっとたくさんのボーロを作って届けていたのでしょう」

五平はすでに粉や砂糖を蔵から運ばせてあった。

「父も矢七と二人でこうしてせっせとボーロを焼いていたのでしょうね」

五平は感慨深げにうどん粉と砂糖、重曹をふるいにかけている。

「ボーロは煎餅《せんべい》に似ていて、団子や饅頭《まんじゅう》よりもよほど日持ちがしますから、たくさん差し上げれば、日々食べ盛りの子どもたちのおやつになって、きっと重宝されていたはずです」

季蔵は三吉がふるった粉に卵を加えて木じゃくしで混ぜ上げるのを待っていた。この後、麺棒でうどんを打つ時のように、平たく伸ばすのである。

「喜んでもらえるんだから、頑張ってたくさん作らなくては――」

おき玖は丸い木型を器用に使って型抜きに精を出した。

「日持ちを考えて父は瓶《かめ》に入れて届けていたようです」

いくつかの瓶も準備されていた。

夜が明ける頃には、ボーロの入った瓶がずらりと大八車の上に並んだ。

「ここから湯島の寿慶院へ届けるつもりです」

「わたしもご一緒させてください」

思わず季蔵は口走った。

「大八車ならわたし一人で何とか引けますが――」

「五郎右衛門さんは〝塩梅屋〟の主長次郎《ちょうじろう》ゆかりのお方でした。ですからわたしも、ささやかながら、お父様へのご供養の手助けをしたいのです」

「わかりました。ではお願いします」

二人が大八車を引いて湯島の寿慶院に着いたのは、明け六ッを少し回った頃であった。萩寺《はぎでら》とも言われる寿慶院は、ちょうど萩の花が盛りの頃で境内は薄桃色の靄《もや》がふんわりとかかったように見えた。

「尼寺らしいですね」

一瞬、萩に見惚《みと》れた五平だったが、

「どなた様でございましょうか」

応対に出てきた若い尼はまるで萩の花そのものに清楚で美しく、知らずと顔を赤らめていた。

「わたくしはここで修行をさせていただいております、水月尼《すいげつに》と申します」

「どこかでお会いしたことがあるような――」

五平の言葉に、

「はて、思い当たりませぬが」

水月尼の被《かぶ》っている絹布が揺れた。

五平はなおも食い入るような目で水月尼を見ていたが、

「お袖《そで》ちゃん」

手を打った。

「お袖ちゃん、俺だ、五平だ。廻船問屋長崎屋の息子五平だよ。一緒に手習いに通ったじゃないか」

「まあ」

驚いた水月尼はしみじみと五平を見つめて、

「本当。長崎屋の五平さんだわ」

親しげな言葉遣いに変わったが、あわてて、

「昔、お袖と名乗ったことはございますが、今はもう仏道に帰依《きえ》する身でございます」

目を逸《そ》らして居住まいを正した。

「これは失礼いたしました」

五平も目を伏せて、

「長崎屋が中秋のボーロを届けに来たと、庵主様《あんじゅ》にお伝え願えませんか。よろしくお取り次ぎください」

深々と頭を下げた。

水月尼が戻ってくるまでに五平は、

「先ほどは驚かせてすみません。こういうめぐり会いもあるものだと、自分でもびっくりしているんです。今の水月尼は幼馴染《おさななじ》みなのですよ。お袖という名の小間物屋の娘でした。その小間物屋は商いが上手《うま》くいかなくなり越していってしまい、それっきりでした。お袖ちゃんはわたしより一つ、二つ年上でしたが、まだ十歳かそこらだというのに、達筆は言うに及ばず、往来物ならどんなものでも読みこなし、暗記までできる、えらく頭のいい子でした」

などと話してくれた。

「庵主様の賢祥尼《けんしょうに》様が朝餉《あさげ》はいかがかとおっしゃっておいでです」

「それはありがたいですね」

「お願いします」

二人は口々に言った。朝餉と聞いて二人の腹はぐうと同時に鳴り、目が合うと笑い合っていた。

二人は寺の客間に通された。朝餉の膳が運ばれ、本堂で経を上げていたという賢祥尼が、水月尼の肩ほどしかない、老いた身体を屈《かが》めて入ってきた。五平が父五郎右衛門の死について話すと、

「恐ろしいことですね」

賢祥尼は声を震わせて、

「せめてお父様の御霊に仏のご加護がありますように」

数珠を手にしたまま両手を合わせて、しばし瞑目《めいもく》した。それが終わると届けてきたボーロについて、心からの礼を口にして、

「ほんの気持ちばかりのもてなしではございますが」

二人に朝餉を勧めた。

朝餉は麦飯に冬瓜《とうがん》の味噌汁《みそしる》、秋茄子《なす》の漬物だけである。どちらも旬の野菜であった。二人が食べ終わるまでの間、しばらく、賢祥尼は寺の裏手にある畑の話をした。

「ここには親に先立たれたり、放《ほう》り出されたりして、雨露を凌《しの》ぐことができない子どもたちが二十人ほどおりまして、畑はそうした子どもたちが耕しております。子どもたちは幸薄い身の上でございますが、この先同情や温情ばかりを当てにして生きていくことはできません。それゆえ、幼い頃から学び、働くことを教えて、一人で生きていくことの糧にしてほしいと思っているのです」

五平はよほど気になってならないのだろう。水月尼とは幼馴染みだったという話を切りだした。

「どうしてここで修行をなさっておいでかと――」

「人には他人に言いたくない事情もあるものですよ」

賢祥尼は静かに目を逸らした。

「前に父に同じことを言われました」

五平は幼い頃、お袖が引っ越すという噂《うわさ》が立った時、父五郎右衛門に言われた言葉を引き合いに出した。

「わたしがお袖ちゃんの家を何とか助けてやれないものかと言った時、父はそう言ったのです。以来、長崎屋の主の父なら助けてやれたのに、と恨むほどではありませんでしたが、父とわたしの仲はぎくしゃくしたものになったのです」

「あなた様は水月尼を還俗《げんぞく》させたいと思っておいでなのですね」

賢祥尼は驚いて目を瞠《みは》った。

「ええ、そうなのです」

五平の顔がまた紅潮した。

「女が尼になる理由の一つは、身売りを嫌ってということもあると聞いています。お袖ちゃんは家の借金で苦労したのではないかと――」

「あなた様と水月尼は巡り会ったばかりですよ。それでも？」

賢祥尼は念を押した。

「はい。ずっと想《おも》ってきた相手ですから」

「ならば申しましょう。水月尼がお袖と名乗ってここの門の前に立っていたのは、去年の年の瀬でした。働いていた岡場所の年季が明け、患っていた父親の寿命も尽きたところだと言っていました。〝これからどう生きて行ったらいいかわからなくなって、気がついてみたらここに居たのだから、これも御仏の御意志にちがいない〟とおっしゃいました。訊いてみると、お袖さんは学問がよく出来て、〃それなら、出家して御仏に仕えつつ、仏典などをひもとくかたわら、恵まれない子どもたちのために、ここで教えてみてはどうか〃とわたしは勧めたのです」

「ということは、俗世間によくよく嫌気がさしていたわけではありませんね」

五平はぱっと顔を輝かせた。

「そうでもないのです」

賢祥尼は顔を翳《かげ》らせた。

「お袖さんは二十八。身を売って家計を助けるようになったのは、十四の時からだと言っていました。十四年間もあのような仕事をしていて、俗世に嫌気がささない女はいませんよ。特に水月尼のような学問好きの女人にとっては、なおさらのことでしょう。寺の門前に立っていた時も、〃年を取って、いずれは夜鷹《よたか》のような身売りをするしかなくなるのかと思うと、こんな思いをするために生まれてきたのかと、わが身が情けなくてたまりません〃とお袖さんは泣いていました。ですから、水月尼には、学問に親しめる今のままがよろしいのではないかと――」

「そうだったのですね」

五平は目をしばたたかせた。

「それならなおさら、わたしは自分の手で水月尼を幸せにしなければ。そもそもあの時、父がお袖ちゃんの家を助けていればこんなことには――。今度こそ悔いの残らぬよう、わたしはお袖ちゃんを助けたいのです」

きっぱりと言い切った五平に、

「けれども、水月尼の凍《い》てついた心を溶かすのは容易ではありませんよ」

賢祥尼は辛《つら》そうに目を伏せた。

三

季蔵は客間の襖《ふすま》がわずかに開いていることに気がついた。

「これ、立ち聞きはいけませんよ」

賢祥尼は襖に向かって声をかけた。

「何用です、出ていらっしゃい」

襖が半分ほど開いて、

「ボーロ、ボーロ」

七歳ぐらいに見える小さな男の子が飛び込んできた。ざわざわと同じくらいの年頃の子どもたちが後に続いた。十人ほどいる。

「新助《しんすけ》たちがどうしてもボーロが食べたいと言ってきかないんだ」

頭一つ半も背が高い、十二、三に見える少年が口を開いた。

「啓太《けいた》、みんな朝餉は食べたのでしょう？」

啓太と呼ばれた少年はうなずいたが、

「でも今朝はお客さんの分をよけて炊いた飯を雑炊にしたんで、量が少なかったんです」

「まあ、そんなことを今、お客様の前で――」

賢祥尼はあわてたが、

「みんな食べ盛りなんだ。仕方ないよ」

啓太は言い張った。

「悪かったね」

季蔵は微笑《ほほえ》んだ。

「飯を横取りして申し訳なかった。償いにすぐに、ボーロを大八車から下ろす。手伝ってくれ」

季蔵と五平は立ち上がった。

二人は啓太と共に庫裏《くり》まで戻り、戸口の前に止めた大八車からボーロの瓶を下ろし中へ運び込んだ。

啓太が瓶の蓋《ふた》を開けようとすると、

「賢祥尼様のお許しはいただいているの?」

庫裏にいた水月尼が訊いた。啓太が黙りこんだままでいると、

「いけないわね」

水月尼は手を伸ばして啓太が手にしていた蓋を取り上げた。

「腹を空《す》かしてるんだ、いいんじゃないかな」

「〟それではしつけにならない〟と賢祥尼様ならおっしゃるはずです」

五平は言ったが、

水月尼はりんとした声をあげた。

「朝餉はとうに済んでいるのですからね。お腹《なか》がいっぱいになっていないからといって、甘やかして満腹になるまで食べさせる習慣をつけると、外へ出た時、大変なことになります。他人様《よそ》のものに手を出してまで、自分のお腹を満たそうとするでしょうから。賢祥尼様はそうならないよう、厳しくしつけておいでなのですよ」

「そ、そうですか」

「ここにはここのやり方というものがあるのです」

「わかりました」

潮時だと感じた季蔵は五平を促して、空の大八車を引いて帰ることにした。

山門まで戻った時、

「長崎屋さん」

後ろから声がかかった。

振り向くと啓太が後を追ってきていた。

「何か――」

「これ――」

啓太は握っていた右手を開いた。ボーロが一つ掌に載っている。

「あんたが落としたのを拾ったんだ」

啓太は五平の羽織の袖を指さして言った。

「そうだった、〝塩梅屋〟で焼き上がったボーロを試しに食べた時、おとっつあんの仏壇に供えたいと思って、いくつかもらっておいたんだよ。いつのまに落としたのか——」

五平は苦笑して袖を探った。三つばかり、卵色のボーロが出てきた。

「これ、もらっちゃ、いけないかい」

啓太は五平と掌のボーロとを交互に見つめた。

「お花《はな》ちゃんのお墓に供えたいんだ。お花ちゃん、そりゃあ、ボーロが好きだったから」

「お花ちゃんって子、ここにいて亡くなったのかい」

季蔵は訊かずにはいられなかった。

「うん。十日ほど前にね。裏庭にある古井戸に落ちて——。人を呼んで井戸から出した時にはもう息がなかった」

「お墓は？」

「裏庭にあるよ」

「お花ちゃんはボーロが好きだったんだね」

「萩の花が咲き始めるといつもボーロの話をしてた。楽しみにしてたよ」

「じゃあ、これも供えてやろう。一つ願いがある。その墓にわたしたちも参らせてほしい」

そこで五平は亡くなった五郎右衛門の話をした。

「それじゃ、おじさんのおとっつあんに続いてお花ちゃんは死んだんだね」

「だから何だか他人の不幸とは思えないんだよ」

お花の墓は古井戸近くにあった。萩の花に埋もれている。子どもが誤って落ちることがあっても不思議はなかった。土が掘り返されて黒々と盛り上がっている墓は、小石が積んであるだけの粗末なものであった。

「何も命を落とした古井戸の近くに葬ることはないと思うが――」

囁《ささや》いた五平に、

「いや、庵主様は子どもたちが古井戸に近づく時、お花を思いだして誤って落ちたりしないよう、近くに葬ったんだと思います」

と季蔵は言った。

ボーロを供えて三人は手を合わせた。

「ところでお花ちゃんはまだきっと小さかったんだろうね」

季蔵はふと気になって訊いた。

「小さかないよ。俺と同い年の十一だもの、次の年にはここを出て、日本橋の大店《おおだな》で働くことになってた」

「お花ちゃんはここに古井戸があって危ないんだってことを知らなかったの?」

「知ってたよ」

「じゃあ、どうして落ちたりしたんだろう」

「はじめ俺もそう思ったんだけど」

啓太は急に表情を曇らせた。

「何かあるのか」

季蔵は追及した。

「ねずみの死骸《しがい》」

ぽつりと啓太が呟いた。

「〝ねずみの死骸〟だけではわからない。くわしく話してくれないか」

うなずいた啓太は、

「ここんとこずっと庫裏の大きな瓶の水が変だったんだ。臭《にお》うんだよ。初めは臭うだけだったけど、そのうちにその水を飲んで吐いたりする小さな子もいた。瓶の上澄みに滓《かす》が浮いてきてた。あんまりなんで、瓶の水をさらって底を見るとねずみが死んでたんだ。お花が古井戸で死んだのはそれから五日後だったんだ。お花は懐にねずみの死骸を入れてた。お花はねずみ取りの罠《わな》にかかったねずみの始末を任されてたんだ」

「ということは、お花ちゃんがわざとねずみの死骸を、飲み水の瓶に入れていたというのか」

「みんなには黙っていろと庵主様から口止めされた」

「しかし、そんなことをする理由は何なんだ？」

五平が口を挟んだ。

「俺にはわかるような気がするよ。お花はここが好きで出て行くのを嫌がってたんだ。お花はね、小さい時からひとりぼっちの俺なんかと違って、表通りにある結構なお茶屋の一人娘だったんだ。おとっつあんさえ悪い親戚に騙《だま》されて一家心中なんぞをしなければ、今頃、こんなところへ来て死ななくてもすんだはずだし、何不自由なく暮らしていたはずさ。親戚が金を騙し取った親戚は、一家心中の生き残りのお花を引き取ろうともしなかった。そんな風だから、お花はここ以外の場所や人が怖くて仕方がなかったんだ。よく口癖で〝ここのみんなとは生きるも死ぬも一緒にしたい〟って言ってたよ。お花は外へ出て怖い目に遭うぐらいなら、みんなとここで死にたかったのかもしれない。それに――」

ここで啓太はふと口をつぐんだ。

「それに？」

季蔵は先を促した。

「何か見たんだな」

うなずいた啓太は、

「これは俺、庵主様にも黙ってたけど、お花がねずみ取りの籠《かご》を持って庫裏へ入っていくのを見たんだ。あの時は特別、気にはならなかったけど、あの時気がついて止めていたら、お花は死なずにすんだんじゃないかって、思えてならないんだ」

と悲しそうに言った。

大八車をひいての帰り道、

「ほかの子どもたちを巻き添えに死のうとしたお花は、企《たくら》みが発覚したとわかって、自ら死を選んだというわけですね。何とも哀れな話です」

五平は目をうるませた。

「それにしても〝ねずみの死骸〟で大勢を殺せると思ったのは、やはり子どもの知恵ですよ」

と続けた。

「〝ねずみの死骸〟で人殺しができると思うような幼さで、井戸に飛び込んで自らの責めを負うものですかね」

季蔵は心に浮かんだ疑問を口にした。

「まさか、あなたはお花の死は自害ではないというのでは――」

「古井戸の近くに萩の薙《な》ぎ倒されている場所がありました。その跡は古井戸へと続いていました。気づきましたか」

「いえ」

「強い風のせいだとしたら、ほかにも薙ぎ倒されている場所はあるはずです。よくよく探してみましたがありませんでした」

「だとしたら」

五平は息を詰めて季蔵の説明を待った。

「萩が薙ぎ倒されている場所でお花は誰かに襲われたのです。襲われて気絶させられ、引きずられて行って古井戸に放り込まれ、水死させられたとしてもおかしくはないでしょう」

四

五平はその日の夜も〃塩梅屋〃を訪れた。

「ちょっとお待ちになってください」

暖簾《のれん》を片付ける少し前だった季蔵は、

「離れにご案内しますから、そこで」

忍冬《にんどう》の垣根の向こうにある離れへと案内した。

戸口を開けた時、顔が見えたのだろう、

「五平さん?」

おき玖は目ざとかった。

「何かまた頼み事でもできたのかしら?」

半ばそうあってほしいと願っている顔であった。

「離れにお通ししました。とっつあんの仏壇に手を合わせたいとおっしゃったので」

「それだけ?」

「ええ、まあ」

「おかしいわよ、季蔵さん。寿慶院にボーロを届けて来てから、何か考えがあるみたいで──」

「お嬢さんには隠し事ができませんね。その通りです」

季蔵はあっさりと認め、寿慶院で育てられていたお花が古井戸で死んだ話をした。

「それで季蔵さんはお花ちゃんは誤って落ちたんじゃなくて、誰かに殺されたっていうのね」

「ええ」

「何て恐ろしい。でも、そうだとしたら、誰がそんなことをしたの？　子どもを掠《さら》って売り飛ばす人さらいの話はよく聞くわ。もしかすると、近くを通りかかった人さらいがお花ちゃんを掠おうとして、騒がれたので無体なことをしたのかもしれない」

「そうかもしれません」

「それで五平さんはここへまたおいでなのね。子どもをねらった人さらいが下手人だとしたら、この先も寿慶院の子どもたちはねらわれる。それが心配なのでしょう」

「そうですね」

相づちは打ったものの、五平が案じているのが、もとより、子どもたちや賢祥尼だけでないのは明らかだった。だがそのことをおき玖に伝えるのは憚《はばか》られた。

離れで向かい合った五平は、下手人について、おき玖の言ったのとほぼ同じ推量をした。

「今も下手人がどこかでじっと子どもたちをねらっているのかもしれないと思うと、わた

「わたしは下手人は必ずしも人さらいではない気がするんです」

しは寿慶院のことが心配でならないんです」

「なぜです」

五平は驚いて目を瞠った。

「お花ちゃんが落ちた古井戸は群れて咲く萩で覆われていました。わたしたちがすぐわかったのは、啓太が場所を教えてくれたからです。よほど気をつけて探さなければ見つけられませんよ。下手人が人さらいだとすると、そいつは萩が枯れてなくなる冬の頃から、ずっと寿慶院を見張っていたことになります。人さらいがそこまで辛抱強いとはわたしには思えないんです」

「たしかに、掠う子どもは何も寿慶院の子どもたちでなくともいいわけですものね。しかし、そうだとすると——」

五平はやや顔色を青ざめさせた。

「下手人は寿慶院に出入りしているか、中に居る者ということになりますが。でもいったい誰が——」

「まだ、わかりません。ところで五平さん、あなたはよほど、寿慶院を案じられているようですね」

うなずいた五平は、

「わたしが長崎屋を継ぐ羽目になったのは、ほかに血のつながった身内がいないからです。

父は孤児で、やっと見つけた伴侶の母も早く亡くなってしまい、わたしにも背かれて、さぞや寂しい生涯だったこと、と今にして思います。父が寿慶院の孤児たちにボーロを届け続けたのは、孤児たちの寂しさが身に沁《し》みていたからだと思うのですよ」

「なるほど。それもあるとは思います。けれどそれだけではないですね」

そこで季蔵は用意してあった湯呑《ゆの》みに大徳利の酒を注《つ》いだ。

勧められて一気に呷《あお》った五平は、

「あなたはわたしと賢祥尼様が水月尼のことを話しているのを聞いていました」

「ええ。あなたは当然、子どもたちと一緒にいる水月尼さんのことも案じておいででしょう」

「もちろん、案じてもいます。ただ、それとは別にこの先、どうしたものかと、話を聞いていたあなたの考えをうかがいたくなったのです」

「わたしの考え――」

季蔵は思わず言葉に詰まった。五平と水月尼の思いもかけぬ遭遇は、季蔵と瑠璃《るり》の再会と似ていたからである。

「賢祥尼様は御仏に仕えて精進している水月尼の今を、〝凍てついた心〟と称しておいででした。啓太とのやりとりを見ていても、冷たいと感じられるほど厳しく、わたしの知っている〝お袖ちゃん〟ではありませんでした」

「〝お袖ちゃん〟と別れたのはいくつの時ですか」

「わたしが九つ、お袖ちゃんは十一でした」

「水月尼さんは二十八だと賢祥尼様はおっしゃっていましたね。あなたと幼馴染みでいられたのが十一までだとすると、水月尼さんは苦界《くがい》に身を沈めていた十四年間も含めて、十七年間もあなたの知らない人生を生きてきたことになります。それを今更どうにかしようと思うのは、無理があるのかもしれませんよ」

そこで季蔵は自分と瑠璃の話をした。

「わたしと許嫁《いいなずけ》もあなた方ほどではありませんでしたが、長く離れていました。わたしたちを引き離した相手さえいなくなり、境遇が変われば、また、元のように戻れるのではないかと期待したこともありましたが、なかなかそうは運ばないものです。人と人はたとえ想い合っていたとしても、何かの事情で一度別れてしまうと、元には決して戻れぬものなのだとわたしは思い知らされていますが、それでも、つい望みをつながずにいられないのが人の常なのですよ」

そう言って季蔵も湯呑みの酒を飲みほした。

「よくお話しくださいました」

感極まった声で五平は頭を垂れた。

「わたしもあなたのように人の常を生きる覚悟です。ただしそれも寿慶院に居る水月尼が、子どもたちと共に無事であってこその話です。ついてはあなたに一つお願いがあります」

五平は季蔵を見つめた。

「町方が寿慶院を見回ってくれるのが何よりです。けれども、お花の話を町方に言っても、取り上げてくれるとはとうてい思えません。わたしが見張りに行ければよいのですが、仕事で明日からしばらく遠出をしなければならないのです。時々、お気にかけていただけませんか」

「お安いご用です。わたしも気になってそうしようかと思っていたところですから」

「ありがたい」

五平がほっと安堵《あんど》のため息をついて、

「それと、さっき店に賢祥尼様からの書き付けを持って啓太が使いに来ました」

袖から出した書き付けには、

〃五郎右衛門の慈悲心、ボーロのみにあらず〃

とあった。

「これはお布施の催促ですね」

「ボーロ作りに夢中になってしまっていて、ついついうっかりしていました。父は寿慶院にお布施も包んでいたのです。店の者に確かめましたら、念を押すのをうっかり忘れたのだとか。父とはあ、うんの呼吸だった店の者たちも、わたしとはまだまだ――。いやはや恥ずかしいことをしましたよ。こちらの方もどうかよろしくお願いします」

五平は懐から金子《きんす》の包みを出した。

「お預かりして寿慶院に届ければよろしいんですね」

「お忙しいところをすみません」

「明日にでも行ってみます。気がかりなこともあることですしね」

そう言って季蔵が金子の包みを受け取ったところで、襖の外に人の気配がした。

「ごめんなさい。立ち聞きするつもりなんてなかったのよ。ただ、おとっつあんに供えたボーロを下げに来て――」

おき玖だった。

座敷に入ってきたおき玖は仏壇に供えたボーロを懐紙に包むと、

「お持ちいただければ、きっとあの世のおとっつあんも喜んでくれるはずです」

と言って五平に渡した。

五平を送り出すと、入れ替わるように豪助が勝手口に来ていた。

「もう竈《かまど》の火は落とした、肴はないよ」

「それには及ばねえ」

豪助は手に皿を持っていた。醬油と砂糖で煮付けたはまぐりである。

「長屋に帰ったんだが、市松人形みてえに前髪を切った厚化粧の年増が待ちかまえてて、〝今宵はあたし娘返り〟だなんて言って、げらげら笑って、すいっとこれをよこして来た。突き返すわけにもいかねえし、家に居ると踏み込まれかねない。それで兄貴のところへ走ったんだがまだ帰ってねえ。それでここへ来たんだよ」

「相変わらずもてるわね、豪助さん」

「とんでもねえ。誰がもてたいもんか、あんな化け物みてえな年増」

「中秋は明日のはずだが」

「今日は帰りが遅い亭主も、明日は自分のところで月見をやるんだそうで、うちの長屋じゃ、女房連中は一日早く月見をやってるんだよ」

「去年、わたしの銀杏長屋もそうだったな。たしかにうるさくて眠れなかったな」

五

「なら、兄貴、今年もそうかもしんねえぞ」

「きっとそうよ、豪助さんも来てくれたんだし、どう？　おとっつあんの前でわたしたちも一日早い月見をやっては。薄やお団子ならもう仏壇に供えてあるし——」

「いいね」

豪助はすぐに賛成した。

「そうしようか」

季蔵も五平と飲んだ酒が回りはじめていた。離れに戻った三人は仏壇に揃って手を合わせた後、長次郎の好きだった辛口の伊丹《いたみ》の酒を飲み続けた。

「おき玖ちゃん、どうしても、俺、女のことでわかんねえことがあるんだよ」

豪助が酔眼で乞《こ》うようにおき玖を見た。

「教えてあげますよ。何でも答えてあげる。言ってごらんなさい」

おき玖も酔いが深まっている。

「俺たち男はいい奴と悪い奴の二通りしかいねえってえのに、何で女はいろいろいるのかねえ。おき玖ちゃんみてえなしゃきっとした美人や天女としか思えない瑠璃さんがいて、月見にことよせ、どんちゃん騒ぎの酒盛りの上、若い男に色目を使う年増もいる。その年増ときたら、普段はどでかい声で亭主や子どもを怒鳴りつけて、震え上がらせてる。男だってよほどのことがなきゃ、あんな大きな声は出すまいよ。そんな女でも月夜の晩には、生娘を気取って色気を見せる。おぞましくてたまらねえ。ぞっとするぜ。近頃、俺は女ってえものの正体がよくよくわからなくなってきた」

豪助はため息まじりに言った。

するとおき玖は、

「あら、そんなことない、わかってるはずよ。豪助さん、さっき化け物って言ったもの」

ぐいっと盃を飲みほした。

「あれは月夜に限って、にたーっと笑う、おっかない年増のことだよ」

「その人だけじゃない、女はみんな月夜に限らずにたーっと笑うものなのよ。隠してるだけ。実はいつ化け物になるかわからないの」

「まさかおき玖ちゃんも？」

豪助は目を丸くした。

「そのうち、年を取って図々しくなればそんな風になるかもしれない」

「信じられないなあ」

「だから言うのよ、人は見かけによらないって。あれ、もともとはきっと、女の性《さが》のおぞましさを言ったのよ」

「そうかなあ」

豪助は酔いが醒めた顔で何度も首をかしげた。

「ま、信じられないうちが花かもしれないよ」

季蔵は口を挟んだ。

豪助は夜が明ける前に帰って行った。

「今日も天秤を担がなきゃなんねえからな」

豪助を見送ってしばらくすると、空が白んできて、

「とうとう夜を明かしてしまったわね」

おき玖はふわーっとあくびをしかけ、あわてて両手で口を押さえた。

「お嬢さん、少しお休みになってください」

「そうさせてもらうわ。楽しかったけど、少し飲み過ぎたみたい。季蔵さんは？　ここで休んでいったら？」

「こんなところで横になどなったら、仏壇から見ておいでのとっつあんに叱《しか》られますよ。家に帰ります」

「そこまで送るわ」

季蔵はおき玖に送られて木原店の裏手の銀杏長屋へと歩きはじめた。向こうから、つぎはぎだらけの小袖を着た背の高い少年が歩いてくる。近づくにつれて見知った顔だとわかった。

「啓太じゃないか。こんな時間に、どうしたんだ」

季蔵は駆け寄った。

「塩梅屋季蔵さんだね」

啓太は五平が誰かは知っていたが、特に名乗らなかった季蔵のことは知らないはずであった。

「さっき長崎屋さんに聞いて知ったんだ」

「長崎屋さんに急用だったんだね」

青ざめた顔の啓太はうなずいて、じっと季蔵を見ている。

「さては庵主様のご用ではないな」

「うん」

「相談事だろう」

「俺、長崎屋さんの方しか知らなかったから、聞いてもらうつもりで行ったんだけど、ちょうど仕事で旅に出るところで、〝悪いが今は無理だ、一緒にいた人を覚えているだろう。あの人なら間違いない〟って、長崎屋さん、あんたの名と店のある場所を教えてくれたんだ」

普段の季蔵なら店で夜を明かすこともないから、こうして、啓太に出会うこともない。三人で飲んだ月見酒は長次郎の供養も兼ねていた。それできっとこれも長次郎が結びつけたものに違いないと季蔵は思った。

「腹は空いていないか」

啓太はまだ夜が明けないうちに寿慶院を出て、ずっと歩き続けてきたはずである。血色が悪いのは空腹のせいもあるだろう。ただし銀杏長屋へ連れ帰っても、飯は炊けていないし、残り物一つなかった。

「まあ、落ち着いて聞こう」

季蔵は踵《きびす》を返して〝塩梅屋〟へと戻った。

店に入って啓太を床几に座らせ、竈に火を入れて湯を沸かしはじめると、

「あらあら、またお客さん？」

二階からおき玖が起きだしてきた。

季蔵は飯びつに残っていたご飯を握って皿に盛ると、

「好きなだけおあがり」

と勧めた。

「ほんとにいいの？」

啓太は目を丸くしてごくりと唾《つば》を飲み込んだ。そして、ほんとに、ほんとにという言葉を繰り返しつつも、ぺろりと平らげるのにそう時はかからなかった。

「はい、お茶」

おき玖が啓太の前に湯呑みを置くと、

「さて、話というのを聞くとしよう」

季蔵は促した。

「これが」

啓太は懐から紫色の房のついた水晶の数珠を取り出した。

「女物の数珠だわ」

おき玖が言った。

「昨日の夕方、お花のお墓にお参りした時、古井戸の近くの萩の茂みの中に落ちていたのに気がついたんだ。庵主様のものだよ」

「庵主様のお数珠の房は濃茶のはずだよ。昨日の朝、なさっているのを見た」

季蔵は首を横に振った。

「お花が死んでから変わったんだ。それまでは紫だった。まちがいないよ」

「まさか、おまえはあの庵主様が――」

「庵主様は日頃からお花に冷たかったからね。お花は我が儘《まま》一杯に育ってきたから、庵主様の言うとおりにしないことが多かったんだ。お花は悪い子だって、そのうち仏罰が当たるって、始終庵主様は言ってた」

「それでおまえはこうして来たのか」

「お花が庫裏の水瓶にねずみの死骸を入れたのを、お花が死ぬ前から庵主様は知っていたんだと思う」

「それで折檻《せっかん》して殺したというのだな」

「庵主様はよく折檻する。木魚を振り上げて何度もぶつんだよ。痛くて声を上げたりするともっとぶたれる」

「そんな、庵主様ともあろうお方が――」

おき玖は知らずと啓太を睨《にら》んでいた。

「嘘じゃないよ。証《あかし》ならあるよ」

啓太は小袖の右袖を持ち上げて見せた。古傷が蚯蚓《みみず》の形に赤く引きつっている。

「まあ」

おき玖は思わず顔をそむけた。一瞬、季蔵も言葉を失った。

「ぶたないのは顔だけだよ」

はだけた小袖の胸や腹には火傷《やけど》の跡があった。

「古いものだけどこいつは焼きごてだ。焼きごてでやられるのはぶたれるより辛いよ。痛いだけじゃなくて、痕が膿《う》んだりすることもあるんだ。近頃、外へ使いに出て人と話すようになって知ったんだけど、血のつながった親はいくら悪いがきでも、自分の子にこんなことまではしないんだってね」

「血がつながっていなくても、人の心を持っているならしない」

きっぱりと言い切った季蔵は、賢祥尼に叱られていた新助たちのことが気になった。

「昨日のあの子も同じような目に遭ったのか」

「水月尼さんが取りなしてくれて、何とか折檻されずにすんだ」

「ほう、水月尼さんは取り入り上手なのだな」

「優しい、いい人だよ。知り合いがいるのか、十日に上げずお菓子が届くんだ。でも、たった一箱だけだから、〝これは庵主様へお持ちしましょうね〟って、自分は一切れも食べずに、水月尼さんは箱ごと全部庵主様に渡してる。庵主様は金が好きなんだ。水月尼さんは、今みたいになるために、長く綺麗だった髪を切って頭を剃《そ》ったんだけど、それを手伝った庵主様はかもじ屋を呼んでその髪を売ってた、俺は見たんだよ、かもじ屋が庵主様にお金を渡すのを。だから、庵主様は水月尼さんに気をよくしていて、取りなしを聞くんだよ。水月尼さんは俺たちを思ってやってくれてるんだ」

水月尼のことについて話す啓太の顔は輝いている。

六

啓太に限らず、子どもたちは皆、水月尼になついているのだろうと季蔵は思った。それで、

「お花もさぞかし水月尼さんが好きだったろうね」

と訊くと、

「もちろんだよ。あの人を嫌いな人なんているわけないよ」

啓太は大きくうなずいた。

「わかるわ。水月尼という人の気持ち。本当に優しい人なのね」

片袖で目頭を拭《ぬぐ》ったおき玖は、

「酷い話はいろいろ聞いたけど、ここまでのは初めてだわ」

怒りに肩を震わせた。

「でも、いつか水月尼さんのお菓子も効き目がなくなる。耐えられないのは、この先も子どもたちが酷い目にあうことだわ。何とかならないものなのかしら」

訴えるように季蔵を見た。

「お花が誤って落ちたのではなく、落とされたのだとはっきり証を立てられれば、お上も動いてくれるかもしれない」

季蔵は前ほど同心の田端宗太郎や岡っ引きの松次を疎ましく思っていなかった。確固たる証をつかみさえすれば、動いてくれるような気がする。

「それにはまず、賢祥尼様にくわしい話を訊かなければ――」

そう言って季蔵は啓太を促して立ち上がった。

「これを預かるぞ」

季蔵が手にしていた紫の房の数珠を懐にしまいかけると、

「俺から聞いたっていうのかい」

握り飯を食べて血色を取り戻した啓太は再び青くなった。

「いいや、昨日わたしが寺の裏庭を歩いていて見つけたことにする。賢祥尼様がお花を折檻して死なせた時に落としたものなら、昨日もあの場所にあったはずだ。話の辻褄《つじつま》は合う。安心するがいい」

「お花が死ぬ前にあそこでなくしたって、言いのがれるかもしれないよ」

「どのみち、これを見せた時、相手がどういう顔や様子をするかが見ものなのだよ。それで賢祥尼様が何をしたか、およその見当はつくだろう」

そうは答えたものの、それだけでは確たる証にはならず、田端たち奉行所を動かすことはできない。

――思い切って、烏谷《からすだに》様に相談するか――

烏谷にお花の不審な死や啓太の身体についた傷のことを報《しら》せれば、寿慶院のほかの子どもたちも調べろと言われ、賢祥尼の過ぎた折檻は死をもって裁くよう命じられるだろう。

――老いた尼を殺すのか。欲深とはいえ長きにわたって仏に仕えてきた身を、この手にかけることになるとは――

心が萎《な》えかけると、

〃しかし、その老尼、先のある幼子たちに、そのような酷い仕打ちを積年続けた罪、もとより、欲深なだけではすまぬはずだ〃

烏谷の声を借りた亡き長次郎の言葉が聞こえてきたような気がした。

寿慶院に着くと季蔵は、

「長崎屋さんからの預かりものを届けに来たと取り次いでもらってくれ」

と啓太に頼んだ。

五平から金子を託されてきたと伝えれば、賢祥尼は必ず会ってくれるはずである。

境内で萩の花に囲まれて待っていると、ほどなく水月尼が出てきた。啓太は一緒ではなかった。

「わざわざおいでいただきましたが、庵主様に会っていただくことができなくなりました。急な変事が起きまして――」

水月尼は死人のように色をなくしている。立っているのも辛そうに見える。ぐらりと肩が揺れて倒れかかったのを、

「大丈夫ですか」

季蔵は崩れ落ちないように水月尼の肩を抱きとめ、

「とりあえずはあそこへ」

お堂へと続く階段に座らせた。

「仕事は夕方からです。庵主様がお忙しいのなら待たせていただくつもりでまいりました。大事なお話もございますので――」

季蔵は粘ろうと心に決めている。

「いくら待っていただいても、庵主様にはもうお会いになることはできません」

「それはなぜです？」

「庵主様は――、庵主様はお亡くなりになってしまわれたからです」

「昨日はあのようにお元気そうでしたが――、急な病ですか？」

「それが――」

水月尼は言いよどんだ。

「もしや――」

季蔵は探るように水月尼の白く端整な顔を見つめた。咄嗟《とつき》に目を伏せた水月尼は、

「嘘をつくのは御仏の教えに背くことでした。嘘はついてはいけませんね。昨夜、夕餉を頂いてしばらくのち、庵主様が灯《あか》りを持ってお堂の方へ行かれるのを見ました。お堂に灯りが点《とも》って、ああ、これから何かなさることがおありなのだと思いました。夜が明けて朝餉の支度が調い、お堂の庵主様にお知らせに行くと――」

そこで水月尼は顔を両手で覆い、

「ああ、恐ろしい、何て恐ろしい」

声を震わせた。

「賢祥尼様が亡くなっていたのですね」

「ええ、胸から血を流しておられました」

「今もお堂の中はその時のままにしてありますね」

水月尼は黙ってうなずいた。

「そこを見せてください」

「あなたが?」

「見れば、賢祥尼様に何が起きたのか、お教えできるかもしれません。それに今のあなたには助けがいります。わたしは寿慶院やあなたのことは、長崎屋さんからよくよく頼まれているのです」

「わかりました。ご案内いたします」

寿慶院のお堂に祭られているのは姥神《うばがみ》であった。姥神は子どもたちを守り慈しむ神である。賢祥尼は置いてある長持ちのそばにうつぶせに倒れていた。首からどっと血が噴き出したと思われる跡があった。

「後ろから襲われているように見えますね。使われたのは鉈《なた》かと。傷はほかにもあるようです」

季蔵は賢祥尼の右目を見た。右目からも賢祥尼は血を流している。血の跡は二箇所あった。倒れていたところの血溜まりと飛び散っている長持ちの蓋やへりにかけてである。

「この長持ちは?」

長持ちには桜の絵模様があった。どこかで見たことがあると思い出しかけていると、

「昨日の夕方、〃夢さくら〃という料理屋さんから届いたのが、この長持ちでございました。お布施の金子と一緒に添えられていた文がこれです」

文は娘二人と妻を一夜のうちになくした隠居新兵衛《しんべえ》が書いたものであった。それには、

――毎年、月見団子の代わりに手慰みでこしらえて届けているかりんとうだが、今年ばかりは、心が萎えていてとても作ることができない。そちらには女の子などもいると思われるゆえ、もうあっても仕様のない、娘や女房の着物を代わりに届けさせていただく。仕立て直すなどして、役立ててほしい――

と書かれていた。

「それで早速、賢祥尼様は中を確かめていたのですね」

「庵主様は、〝文などいらぬが、死んだ娘たちの晴れ着の方は気になるな〟とおっしゃって、文はわたしに捨てるよう言い、啓太を呼びつけて、晴れ着が入っている長持ちをここへ運ばせたのです」

「そして、中の晴れ着を吟味し、早速古着屋に売って銭に替えようとしたのですね。あなたの髪をかもじ屋に売ったように――」

水月尼は目だけでうなずいた。

「飛び散っている血は長持ちの蓋からへりに付いています。賢祥尼は長持ちを開けようとして、錐《きり》で目を刺されたのだと思います。その後、もう一人が後ろから鉈で止《とど》めを刺した。きっと、こうですよ――」

季蔵は賢祥尼になりかわって、長持ちの前で蓋を開ける仕草をして、前のめりになり、目を押さえながら中腰で立ちあがりかけ、ぐらりと背中を揺らせて、首をがくりと垂れつつ倒れて見せた。

「それとこれ――」

起き上がった季蔵は長持ちに屈みこんで、血の付いている蓋をじっと見つめた。

「ここに小さな穴が見えませんか」

「あ、あります」

水月尼はがちがちと歯を震わせた。

「ちょうど錐で空けた穴のようでしょう」

「ええ」

水月尼が真っ青になった。

「何て恐ろしい」

「穴の空き方を見てください。わずかですが穴のへりの木くずが盛り上がっています。下手人は前もって、この長持ちの蓋に外側から穴を空けていたのです。穴は賢祥尼様が屈みこんだ時、長持ちの中から突き出す錐が、目に届く場所に空けられていたはずです」

七

「下手人は長持ちの中に潜んでいたのですね」

水月尼の歯の根はまだ合っていない。

「そういうことになります」

季蔵は長持ちの蓋を開けた。桜や梅、鶴《つる》などの絵柄の振り袖と、地模様だけのすっきりした小紋の普段着が折り畳まれて入っている。

「これがその証ですよ」

季蔵は裾《すそ》模様の金糸に付いている血の染みを指差した。

「賢祥尼様の目を刺した錐に付いた血が滴《したた》った痕です」

「何者かがここへ潜んでいて、庵主様をこんな目に遭わせたなんて、そんな恐ろしいことが寿慶院で起きたなんて、とても、子どもたちに伝えられることではありません。どんなに怯《おび》えることか――」

「お花が〝ねずみの死骸〟を水瓶に入れたり、古井戸で〝ねずみの死骸〟を懐に抱いて冷たくなっていた時も、あなたはきっとそう案じて、賢祥尼様に騒ぎたてないよう進言したのでしょうね」

「どうしてあなたがそんなことまで――」

水月尼はおずおずと季蔵を見た。

それには答えず、

「ただしその何者かとは大人ではあり得ません。着物が三枚も入ったこの長持ちに潜むことができるのは、小さな子どもです」

と言い切った。

「子どもですって？　まさか」

よろけかけた水月尼はやっと立っていた。

季蔵は先を急いだ。

「ところで賢祥尼様を殺すのに使われた鉈や錐はここにもありますね」

「ここでは薪《まき》を作ったり、ちょっとした大工仕事は大きな子どもたちの仕事ですから」

「鉈と錐のある場所へ案内してください」

鉈や錐、他の農具や大工道具がしまわれていたのは裏庭の道具小屋であった。道具小屋の戸口の黒い土の上には大きな草履の跡があり、鉈と錐を確かめるとどちらにも血の跡があった。水月尼の顔からさらにまた血の気が引いた。

「道具小屋はここの誰が任されているのですか」

「それは――」

口籠《くちご》もった水月尼に、

「あなたは誰かを庇《かば》っているように思えます。嘘はおつきにならないと決めたはずです」

「任されているのは啓太です。薪割りや大工仕事は幼い子にはとてもできません」

「あなたは昨夜、その啓太が賢祥尼様が灯りを点したお堂の方へ行くのを見たのではありませんか」

水月尼は目を伏せ、黙ってうなずいた。

「鉈は手にしていましたか」

「そこまではわかりませんでした」

「たしか賢祥尼様は欲の塊のような人でしたね」

「亡くなった方を悪くなど申したくはございません。それに庵主様はわたくしをお救いくださった恩あるお方――」

「とはいえ、啓太や子どもたちに好かれているようには見えませんでしたよ」

「それは子どもたちの行く末を考えてのことだと――」

「あなたは過ぎる折檻がしつけになるとは思っていないはずです」

そこで季蔵は啓太が見せてくれた身体の傷痕について話した。

「ここでは誰もがあんな風に傷だらけになって育つしかない。あなたは子どもたちを不憫《ふびん》だと思い、わが身を投げ打つ覚悟で日々、賢祥尼様の折檻を止めようとしていたのではないでしょうか」

水月尼は黙ったままである。

「あなたがそう考えたように他にも思い詰めていた者がいたのです。今朝、啓太はわたしのところへ来ました。昨夜、古井戸の近くで賢祥尼様の持ち物だったという、紫色の房の数珠を拾ったというのです。啓太はお花が折檻がすぎることの多かった、賢祥尼様に殺されたと信じていました」

「やはり――」

水月尼はぽつりと言った。

「庵主様のお数珠の房の色がこのところ変わっているのには、わたくしも気がついておりました。紫のをいつもお持ちでしたからどうされたのかと――」

「お花を殺したのが賢祥尼様で、賢祥尼様さえいなくなればもう仲間が折檻されることもなくなる、と啓太が考えても不思議はありません」

「それで――」

水月尼はまた目を伏せた。

「ただし、長持ちをお堂に運びこむ時、蓋に穴を空けたのが啓太でも、中に潜んだのは啓太ではあり得ません。もっと小さな子どもです」

すると、突然、

「新助」

と水月尼は叫んだ。

「今朝から新助の姿を見ていないのです。悪戯《いたずら》で外遊びの好きな子でしたから、掃除などのお勤めを放り出して、実が色づきかけている柿の木にでも上っているのだろうと――」

「すぐに新助を探さなくては」

二人は道具小屋を出て新助を探した。

新助は念のためにと最後に調べた古井戸の蔭で冷たくなっていた。首を絞められた痕があった。

「どうしてこんなことがまた――」

水月尼はとうとうわっと泣き伏した。

「罪のない可愛《かわい》い盛りのこの子まで――」

「これでもあなたは啓太を庇うのですか。啓太はお花の恨みを晴らすために賢祥尼様を殺す計画を立て、こうして仲間にした新助の口も封じたのですよ」

「たしかにこの期に及んで、もう庇い立てはできませんね」

水月尼はきっぱりと言い切った。

「啓太が庵主様と新助を手にかけたと、自身番にお知らせいただけますか」

「わかりました。啓太を呼んで伝えてきてもらいましょう」

「啓太は下手人なのですよ。そんなことをさせたら、逃げ出してしまうではありませんか」

水月尼は眉《まゆ》を寄せた。

「逃げ出すことはありません。ちゃんとお上を連れて戻ってきます。なぜなら、啓太は下手人ではないからです」

「だって、あなたはさっきからずっと――」

「実を言うと、昨日、わたしたちも行きがかりでお花の墓に参り、古井戸の近くをよくよく見て回ったのです。その時は紫の房の数珠などありはしませんでした。紫の数珠は、啓太の日課を知っているどなたかが、昨日、わたしたちが立ち去った後、わざと目立つところに落としたのではないかと思っているのです。啓太を下手人に仕立てるために」

「いったい誰がそんなことを――」

「あなたは、啓太が賢祥尼様の居るお堂に入っていくのを見たと言っている。啓太はお花の死が賢祥尼様の仕業ではないかと疑っていて、道具部屋の鉈や錐には血が付いていた。新助は頼もしい兄貴分の啓太になついていて、言うことは何でもきいたにちがいない。こうなるとたしかに啓太が怪しい。けれども、お花のことでの恨みを除くと、今言ったことすべてがあなたにも通じるのです。あなたならいつお堂に入っても怪しまれない。夕方、長持ちが届けられてすぐに長持ちの蓋に穴を空けておくこともできたし、新助を手なづけて潜ませることもできた。もちろん道具部屋から鉈や錐を持ち出して使い、わざと血を付けたまま元に戻しておくことも。おそらくお花も新助同様、あなたに上手く手なづけられ、命じられるままに〝ねずみの死骸〟を水瓶に入れたのでしょう。ところがあなたは啓太が見ていたことを知った。あなたを信じていた啓太は、お花が庫裏へねずみ取りの籠を抱えて入った話をしたのでしょう。これではいずれお花に自分が頼んだことだと賢祥尼様に告げられてしまうと考えたあなたはお花を殺した。とりあえず、封じたお花の口でしたが、次にはこれを使って、啓太を賢祥尼様と新助殺しの下手人に仕立てようと考えた。まずは紫の房の数珠を盗み出しておいて、古井戸の近くに落として啓太に見つけさせ、お堂で賢祥尼様の首に鉈をふるい、新助の首を絞めて殺したのもあなたです」

「根も葉もないことです。それとも、わたくしが下手人だという確たる証でもおありなのですか」

　水月尼は冷ややかに言って、眉を吊《つ》り上げた。

「ありません。ただ、わたしは親の商いの失敗ゆえ、不幸な身の上となったお花を、同じような境遇を生きてきたあなたがよく手にかけられたものだと、その非情さが憎いのです。可哀想《かわいそう》な身の上の子どもたちにさんざん慕わせておいて罪を犯させる、そんなあなたはもっと許せません。欲深で折檻ばかりしていた賢祥尼と変わりませんよ。人ではなく鬼畜です」

「わたくしは鬼畜ではありません」

水月尼は季蔵の言葉を聞いていなかったかのような笑顔で、

「啓太に罪を償わせなければなりません。あなたにお願いできぬのなら、今からわたくしが自身番へ出向いてまいります」

毅然《きぜん》と言った。

「あなたという人は――」

季蔵は相手に殺意を感じた。女相手に感じたのは、はじめてであった。

――烏谷に話して、いずれ――

いつものようなためらいは微塵《みじん》もなかった。

――この女、断じて生きていてはならぬ――

水月尼が身支度を調えるために方丈へ続く庫裏の勝手口から中に入ろうとすると、

「庫裏にいろと水月尼さんに言われたからそうしてたけど、今、さっき〝夢さくら〟から、かりんとうが届いたよ。それと何だか別のものも――。庫裏に置いてある。大きな袋にいっぱいだ」

何も知らぬ啓太が顔を出した。うれしくてならない様子である。

「ボーロもいいけど、かりんとうの黒砂糖が大好きってやつもいるんだ」

「それでは皆でいただきましょう。今日は好きなだけ食べてよろしい」

そう言って水月尼はにっこり笑った。そして何事もなかったかのような顔で、勝手口を跨《また》いだ。

「啓太、かりんとうを皆に分けて、茶を淹《い》れなさい」

かりんとうは黒砂糖がぴかぴかと光って見えるほど、たっぷりと塗られている。油と砂糖が醸し出す、えもいわれぬ美味な香りがたちこめていた。

命じられた啓太はいそいそと薬罐《やかん》に湯を沸かしはじめ、

「これはわたくしが」

かりんとうではない別の箱の包みを持って、水月尼は自分の部屋へと消えた。

季蔵は水月尼に入っていいと許されたわけではなかったが、庫裏に入った。水月尼が自身番へと出かけた後、啓太に事情を話してここから逃がすつもりであった。

——これだけの証が揃ってしまっていれば、啓太は間違いなく恩人殺しの極悪人とされて、死罪は免れない。とんだ濡《ぬ》れ衣《ぎぬ》だ。何とかしなければ——

まずはお涼《りょう》のところへ啓太を伴い、それから烏谷に便宜をはかってもらって、江戸の外へ逃がすことができればと季蔵は思っている。

その一方、かりんとうを分けている啓太の手元を見ていた季蔵は、

るというのか──何やら悪いことが起きそうな気がする。だが、この上、いったいどんなことが起き

ひたすら考え続けていたが、はっと気がつき、

「このかりんとうを届けてきたのは、昨日長持ちを届けに来た使いの者と同じ人だったか」

啓太に訊いた。

「昨日は仙吉《せんきち》さんだったけど、今日は若い人だったよ。名前は言わなかった」

「文は添えられていたか」

「そんなものはなかったよ」

そう言った啓太が指に付いた黒砂糖を舐《な》め取ろうとすると、

「やめろ」

季蔵は大声を出した。

「そいつは全部毒だ。すぐに手を洗ってかりんとうを捨てるんだ」

「そんな──」

「本当だ」

「でも──」

「ならば、まずは水月尼に賞味してもらってからにするんだ」

季蔵は菓子盆にかりんとうを盛ると、啓太に水月尼の部屋へと案内させた。

「お邪魔いたします」

季蔵が廊下から声をかけたが返事はなく、

「まさか」

襖を開けると、

「大変だ」

水月尼が倒れていた。白絹の布をとった頭にはまばらに毛が生えている。

「しっかりして」

啓太は畳の上で口から血を流して果てている水月尼に取りすがった。かっと目が見開かれたその顔には、日頃の美貌《びぼう》の名残りはどこにもなかった。酷たらしくも恐ろしい断末魔の表情であった。

「目を覚まして、お願いだよ」

啓太は大粒の涙をぽろぽろとこぼした。

死んでいる水月尼は手に食べたかりんとうの残りを握っている。そばにはかりんとうを入れた小さな包みと、細長い箱の中に長い髪のかもじがあった。絹布をとっていたのは、そのかもじを頭に載せてみるつもりだったのだろうと季蔵は思った。

――さっき、かりんとうの話を聞いた時、水月尼は機嫌がよかった。目が輝いて見えた。

水月尼は自分まで口封じに、毒入りのかりんとうを食べさせられるなどとは、考えてもいなかったのだ。かもじを送ってきた相手を信じていた。かもじでとりあえずはお袖に、女に戻るつもりでいた。水月尼がここでやったことは、髪を下ろして尼にまでなったのもすべて、その相手のためだったのだろう――

この後、水月尼に心酔しきっていた啓太に、ことの次第を納得させるには時がかかった。はじめ啓太は、

「嘘だ、あの水月尼さんはいい人だ。どうしてそんな嘘を言うんだ」

季蔵を睨みつけ、

「お花や新助まで殺したなんて、信じられない」

と言い張ってきかなかった。

そんな啓太が事実を真実として受けとめるまで、季蔵は辛抱強く話し聞かせた。

終《しま》いにやっとうなずいた啓太は、

「嘘だろう。嘘だと言ってくれ」

季蔵の胸に固めた両手の拳《こぶし》を何度も振り下ろして、

「そんなこと、そんな酷いこと――」

泣きじゃくった後、

「俺はわかったけど、やっぱしみんなには本当のことなんて言えないよ。みんないつだって、あったかいもんに飢えてるんだからさ」

といくらか平静を取り戻した。

「たしかにおまえの言う通りかもしれないな」

　そこで、季蔵は水月尼と新助の死体をお堂に運び、水月尼の口元から流れていた血を丹念に拭《ふ》き取った。

「昨夜、寿慶院にお宝が眠っていると、ありもしないことを信じ込んだ盗賊が、ここで新助を人質に取って賢祥尼様に宝を出せと迫った。しかし、無いものは無いとしかいいようがない。かっとなった盗賊の一人が賢祥尼様に斬《き》りつけ、人質にしていた新助の首に手をかけた。これを見ていた水月尼さんは、もともと心の臓が弱かったせいもあったが、急に胸が苦しくなって亡くなった。こういういきさつにするのだ、いいな」

　啓太は季蔵の目を見て大きくうなずいた。

　子どもたちは甘いお菓子に目がない。もしものことがあってはと、かりんとうを持ち帰った季蔵は、この夜、月明かりを頼りに、誰もいない河原に深い穴を掘って埋めた。

　ふと長次郎にもこんな仕事があったはずだと思えた。

　また、もがき苦しんで死んだ水月尼の顔や、まばらに生えかけていた頭の毛、黒い蛇のようにも見えたかもじが頭の中を掠めた。そして、空の雲一つかかっていない満月を見上げると、

「中秋の名月、女は化け物か――」

　と呟いていた。

第四話　こおり豆腐

一

江戸の秋は、神田明神祭の賑《にぎ》わいを経て、しっとりと美しく紅葉の時期へと深まっていく。

季蔵《としぞう》が離れで長次郎《ちょうじろう》の日記をながめていると、裏庭の柿の木のあるあたりから言い合う声が聞こえてきた。おき玖《く》と三吉《さんきち》の声である。

「そういっても、ああいうことは――」

「いいのよ、気にしなくても。毎年続けてきたことなんだから」

「でも、もし、足が滑って落ちたりしたら――」

「子どもの頃、一度だけそういうこともあったけど、怪我《けが》一つしなかったわ」

「柿の尻」

「何なの？　それ」

「女の尻のことだよ」

「どうして柿なの？」

「おいらのおっかあが言うには、女ってもんは、小さい時はいざしらず、大人になると、必ず尻が重くなるから、いくら柿が美味《うま》くても、登って取ったりしちゃあ、いけねえって。おいら、お嬢さんがすることにけちをつけてるわけじゃねえよ、心配してるだけだ」

そこで急におき玖は笑い声になった。

「わかった、わかったわ。わたしも、そうは、もう若くないのだったわね。今年からは三吉、おまえに柿の木に登ってもらいましょう」

〝塩梅屋《あんばいや》〟には長次郎が丹精して育てた美濃《みの》柿が一本ある。

ああ、今年も、もうそんな時期になったかと季蔵は、長次郎の日記をめくって手を止めた。

〝太郎兵衛《たろべえ》長屋　持参　長次郎柿〟

長次郎柿とは美濃柿で作る熟柿《ずくし》のことであった。熟柿は菴摩羅果《あんもらか》ともいわれるマンゴーの実に例えられる。えも言われぬ程美味な柿であった。作るといっても、干し柿のように吊《つる》して乾かすものではなく、もいだ若い実を木箱に入れ適度に保温して完熟させるのである。柿の出来のよしあしと枝からもぎ取る塩梅《あんばい》に次いで、保温の状態が大事であった。

季蔵は離れの納戸から木箱を探し出すと、おき玖たちのいる裏庭に出た。

「聞こえたのね」

おき玖は少々きまりが悪そうな顔になった。三吉はすでに柿の木の上にいる。下にいるおき玖は、三吉が投げる柿の実を受けとめる役目だった。息を切らしている。季蔵の姿を見て三吉は投げる手を止めた。

「木箱はこれでよろしいでしょうか」

季蔵は手にしていた木箱をおき玖の前に置いた。

「申し分ないわ」

「あと、座布団は揃《そろ》っています」

「ああ、あれね」

おき玖は苦笑した。

熟柿は木箱に詰めた後、蓋《ふた》をして、その上と脇に座布団を置く。保温のためであったが、美味《おい》しく熟すためにはちょうどいい塩梅なんだろうと、長次郎は襤褸《ぼろ》同然といっていいこれらの座布団を、とうとう新しくしないまま逝《い》ってしまった。

季蔵は木の上の三吉に目で合図をして、

「わたしが替わりましょう」

「大丈夫よ」

「それでは交代でやりましょう」

「そうね」

やっと、おき玖はうなずき、しばらくは季蔵が三吉の投げる柿の実を受けとめ続けた。

「もう、いいわ」

おき玖が三吉に声をかけた。

「でも、まだずいぶんありますよ」

「いいの、残りは鳥の分だから」

柿の実を全部取り切らず、ついばみに来る鳥たちに残すようにとの配慮も、長次郎が決めたやり方であった。

木から下りてきた三吉と共に三人は柿の実を木箱に詰め、座布団を被《かぶ》せると離れの座敷に置いた。

「たったこれだけ?」

三吉は狐《きつね》につままれたような顔になった。

「これであの熟柿になるのかな」

熟柿は長次郎の日記にあったように、太郎兵衛長屋への届けものである。届けものといっても、熟柿でお代を貰《もら》ったことはなかった。贈り物である。太郎兵衛長屋は江戸市中の長屋の中でも、身よりのない老人など貧しい人たちの集まりであった。そんな人たちへの年に一度の口福が、この熟柿なのである。長次郎柿と言われてきたのも、長い間、長次郎が振る舞ってきた口福だったからであった。

去年はこれを三吉に届けにやらせた。その前に一口味見をした三吉は、

「こんな目の玉が飛び出るほど美味いもん、おいら、ここへ来てからも食べたことねえ」

腰を抜かしかけたのである。

「ほんとかな」

こんなことであの熟柿ができるのかと、まだ半信半疑の三吉に、季蔵は、

「できる。そのうちわかる。美味いもの作りは奥が深いんだ」

と諭《さと》すように言った。

長崎屋五平《ながさきやごへい》が訪れたのはこの夜のことであった。心持ち痩《や》せたように見受けられた。

「その節は――」

五平は深々と頭を下げた。季蔵が西国から帰った五平に会ったのは、ボーロを寿慶院《じゅけいいん》に届けに行って以来のことであった。

「いろいろありましたね」

季蔵はさらりと流した。

実を言うと季蔵は五平に寿慶院で起きたことの真実を伝えていない。

「いいか、啓太《けいた》、このことはわたしとおまえだけの生涯の秘密だ、わかったな」

と啓太に念を押していた。

季蔵が五平に文で報《しら》せたのは、啓太と口裏を合わせようと決めた、居もしなかった盗賊たちによる惨劇の一部始終であった。啓太が仲間たちに、酷すぎる真実を伝えたくないと思ったように、季蔵もまた、五平に水月尼《すいげつに》の正体を知らせることは憚《はばか》られたのである。

――五平さんにはこの先、手習所で一緒だった頃の〝お袖《そで》ちゃん〟を心に留めておいてほしい――

「あなたからの文は読みました」

五平は目をしばたたかせている。

「少し、あなたとお話がしたいのです」

「そうですか、それでは」

店が退《ひ》けた後、季蔵は五平を離れに誘った。

「いかがです」

季蔵が燗《かん》の支度をしようとすると、

「いや、結構。もう、酒に逃げるのは疲れました」

五平は虚《むな》しいため息をついた。

「当初はあの日、わたしが旅になど出ていなければと、ずいぶん悔やまれました」

「お気持ち、よくわかります」

「奉行所の知り合いに頼んで、一刻も早く、水月尼たちをあんな酷い目に遭わせた盗賊たちを捕らえるように言いました。奉行所の詮議《せんぎ》はおざなりで、まだそいつらは捕まっていません。日々悲しいのと口惜《くや》しいのとで酒ばかり飲んでいました」

「わたしがもう少し早く駆けつけていたら――」

季蔵はどこまでも辻褄《つじつま》を合わせる覚悟である。

「あなたのせいなどではありませんよ。考えていくうちに、わたしのせいでもないとわかりました。水月尼は仏に仕えていて命を落としたのですから、これも御仏のお導きなのだと今は得心しております」

「そうでしたか」

よかった、と季蔵は五平の立ち直りを喜んだ。

「そのうちに、と長崎屋を継いだわたしと〝お袖ちゃん〟が、つかのまとはいえ、あのように出遭えたのも、御仏のおはからいだと思えてきました」

「そうかもしれませんね」

「寿慶院が酷《ひど》いところであったことは、調べに当たった同心の一人から聞きました。新助《しんすけ》という殺された子どものほかに、怪我など傷つけられた者はいないかと調べたところ、ほとんどの子どもの体に痣《あざ》や火傷《やけど》があったのです。怯《おび》えた子どもたちは口を閉ざしていたそうですが、わたしは啓太を呼び出して確かめました。啓太は〝庵主《あんじゅ》様から受けた折檻《せっかん》の痕《あと》だ〟と話してくれました。賢祥尼《けんしょうに》の慈悲深い様子は表の顔で、裏の顔はたいそう欲深で、子どもたちがあまりに少なすぎる三度の飯に耐えきれず、食べ物をねだったりすると折檻をすることも多かったそうです。そうなると、盗賊にありもしない宝をねらわれたのも、賢祥尼の身から出た錆《さび》、自業自得といえますね」

「そうだったのですか」

季蔵は心から驚いた顔をしてみせた。

「わたしはこれから寿慶院がどうなるのかと案じられてなりません」

「そうでした――」

賢祥尼に代わる庵主が寿慶院を続けるものとばかり季蔵は思っていたが、よく考えてみれば寿慶院は名刹《めいさつ》などではない。主《あるじ》がいなくなれば廃寺にされてもおかしくはなかった。そうなったら、身よりのない子どもたちはいったい、どうなるのだろうか。

「食べ物ぐらいは――」

長次郎ならきっと身銭を切ったに違いなかった。しかし、当座は何とかしてやれるにしても、長くは無理であった。〝塩梅屋〟はそれほど大きな商いではない。

「わたしがついていますから、その手の心配ならご無用です」

長崎屋ほどの大店《おおだな》なら、寿慶院の子どもたちを養うことはむずかしくなかった。

「よかった」

季蔵は心から安堵《あんど》した。

「お願いできるのですね」

「わたしはそうしたいのですが――」

五平は困った顔になって、

「わたしはずっとそのつもりでした。一番年長の啓太を賢いと見込んでいましたから、啓太を奉公に出さず、知り合いの住職に頼んで学問をさせ、仲間の子どもたちのめんどうを見させて、ゆくゆくは寿慶院を継がせてもと思っていたのです」

と続けた。

二

「さすがですね。たしかに啓太は賢い子どもです」

季蔵は五平の炯眼《けいがん》に感心した。長崎屋が寿慶院の後ろ盾になるという提案も、ありがたい、何よりの成り行きに思える。

「ところが」

五平はうーむと腕組みした。

「ところが？」

聞き返した季蔵に、

「正体のわからぬ横やりが入りました」

「横やり？」

そんなことを言われても見当もつかない。

「昨日、啓太が長崎屋にわたしを訪ねてきたのです。前から決まっていたように、年が明けたら、日本橋北の菓子問屋新杵屋《しんきねや》で働くことになったというのです。これは賢祥尼が亡くなる前から決まっていた話です」

「賢祥尼様と新杵屋との間で決まっていた話ならば、亡くなった今では断ることができるように思われますが」

「啓太の話では、寿慶院から巣立った子どもたちの奉公先を決めていたのは、賢祥尼ではなかったようです。子どもが十二になって寺を出る時が近づくと、これまでは賢祥尼がどこかで誰かと会って決めてきていたのだとか――」

「寿慶院を預かっていたのは賢祥尼様ではなかったということですか?」

「奉行所の話では寿慶院は古くから続いていた尼寺でしたが、身よりのない子どもたちのめんどうをみるようになったのは、先代の庵主が亡くなった後のことで、賢祥尼はその頃から住み着いているとのことでした」

「賢祥尼様はたしかな人だったのですか」

「それも調べてもらいました。賢祥尼は鎌倉の春光寺で得度しています。元は仏に恥じない、立派な行いを心がけていたのだと思います。金で手に入らないものがないとも言われる、華やかな江戸の水が禍《わざわい》して、いつしか我欲の塊となってしまったのでしょう」

「ということは、賢祥尼様が勝手に主のいない寿慶院に住み着いて、子どもたちに酷いことをしていたというわけではありませんね」

　五平はうなずいた。

「それに賢祥尼は若くして出家しています。寿慶院に来るまでに蓄えができたとはとうてい思えません。寿慶院で強欲にためこんでいたへそくりにしても、大した額ではありませんでした。わたしは寿慶院の助けになろうと決めて、啓太に賢祥尼のつけていた帳面を見せてもらいました。子どもは二十人もいるんです。かなり切り詰めていたとはいえ、結構なかかりでしたよ。もともと蓄えのない賢祥尼がまかなえるものではないのです」

「賢祥尼様は誰かに雇われていたということですか」

「間違いありません」

「そして、その誰かが賢祥尼様亡き後も寿慶院と、子どもたちの行く末を決めようとしているのですね」

「横やりというのはその相手のことですよ」

「厄介ですね」

「このまま放《ほう》っておくと啓太は新杵屋に奉公に出る羽目になります。どうやら、その相手は子どもたちの給金も押さえているようなのです」

「衣食住のめんどうを見て、育ててやったのだから、きちんと恩を返せというわけですね」

「筋が通らない話ではありませんが、子どもたちにそこまで厳しい御仁《ごじん》が、よくも賢祥尼のような仏心を忘れた者を雇っていたものだと呆《あき》れますよ」

「この先、その人が寿慶院に庵主をすえると、賢祥尼様とあまり変わらない方がまた、子どもたちに辛《つら》く当たりそうで案じられます」

「それでわたしはどうしたものかと悩んでいるのですよ」

「相手に見当は？」

「まるでわかりません」

「新杵屋さんに訊《き》いてみては？」

「行きましたが、主は留守で会えませんでした。啓太のところに訪ねてきたのは手代の一人で、主に〝そう言ってくるように〟と言われただけだと答えるばかりで。それから何度も主に会いたいと使いを出しているのですが、いっこうに返事がなく、全く埒《らち》があきませ
ん」

「長崎屋さんといえば相当の格の大店でしょうに。そこの主であるあなたが会いたいと言っているのに、避けてでもいるかのようなのはおかしなことですね」

「ただ、普段、廻船《かいせん》問屋と菓子問屋はあまりつきあいがないものです。避け続けたからといって、新杵屋さんが商いに不自由することなどないでしょう」

五平は苦笑し、季蔵は、

――これはもう、御奉行に話をするしかないな――

烏谷《からすだに》のまるまるとした大きな顔を思い浮かべた。

北町奉行烏谷椋十郎《りょうじゅうろう》が〝塩梅屋〟の離れを訪れたのは、二日後の晩のことであった。季蔵が会って話がしたいという文を書き、南茅場町《みなみかやば》のお涼《りょう》の許《もと》へ三吉を走らせたのであった。

「そちらからの呼び出しとは珍しいことだ」

座敷に入ってきた烏谷はにこにことうれしそうであったが、置いてある木箱を見ると、

「そろそろこれであったな」

そわそわと木箱の周りを一回りしてながめた。鼻をくんくんさせて、

「しかし、まだまだであろう」

答える代わりに季蔵は酒の支度をした。火鉢にはすでに、ほどよく赤い火が熾《お》きている。

「文には〃急用〃とだけあった。熟柿を食わしてくれるのではないとなると、何かな?」

烏谷は季蔵を促した。

季蔵は烏谷にまだ、寿慶院で起きた事件の真相を話していない。賢祥尼が子どもたちを折檻していると知った時、これを話して、強欲な尼を成敗することも考えたが、その必要はなくなった。水月尼も同様であった。それであの時、咄嗟《とっさ》に作った話に、強欲な賢祥尼が子どもたちに食べさせるのが惜しいあまり、無用な折檻ばかりしていたという事実を付け足した。その後、長崎屋五平の悩み事という本題に入った。

聞いた烏谷は、

「寿慶院の後ろ盾なら柳屋《やなぎや》の虎翁《とらおう》だ」

こともなげに言った。

「あの方が――」

季蔵は絶句した。

柳屋は永代《えいたい》橋近くにある菓子屋である。店の構えは狭く、一見は流行《はや》っていないさびれた菓子屋を思わせる。店先には少ない種類の菓子しか並んでいないが、たいして美味くもないにもかかわらず、毎日、飛ぶように売れ、目の玉が飛び出るほど高い。訪れる人たち訪れる人たちは武士なら与力以上、商人となると大店の主ばかりである。

は菓子が目当てなのではない。中風の為、離れで療養している隠居の虎翁に会うのが目的だった。

取りつぶしになった旗本の次男に生まれた虎翁は、親戚を転々とし何度も養家をかわって、やっと京の老舗《しにせ》の暖簾《のれん》を分けてもらっただけの吹けば飛ぶような〝柳屋〟の婿養子に迎えられた。そんな小商人《こあきんど》で一生を終える気のなかった虎翁は、いつの間にやらここを身分や富のある人たちが、野心の達成や利得のために交流できる場所にした。中には武家の祐筆《ゆうひつ》職の家柄欲しさに、借金を肩代わりする大商人もいた。

表向き敵対しているかのように見える老中の一人と側用人《そばようにん》が、将軍の御台所《みだいどころ》や側室の選定をめぐって、こっそり密談することもあった。そして、いつしか虎翁は誰しもが表沙汰《おもてざた》にできない、多くの秘密を一手に握ることとなり、人の出入りは増え、それに伴って難なく金が入ってきた。昔からつきあいのある人たちは、自分たちの秘密の厳守を乞《こ》うために、はじめて訪れる人たちは、虎翁が故意に洩《も》らす、知りたい相手の秘密のために、高い菓子を買っている。

人を見抜く鋭い目と冴《さ》えた頭の持ち主である虎翁は、秘密の厳守と漏洩《ろうえい》という相反《あいはん》する事柄を、人々の利害が損なわれないよう、巧みに操作していた。おかげで虎翁と関《かか》わっている人たちの間で、利害の衝突が起きたり、名誉が踏みにじられるようなことは、まだ一度も起きていなかったのである。

「寿慶院の件はわしも聞いている」

烏谷は丸い顔のまま、目だけ鋭くなった。

「長崎屋五平が早く、盗賊を捕まえて欲しい、とやっきになっていることもな」

「そんな話まで――」

「長崎屋は田端宗太郎《たばたそうたろう》だけではこと足りなかったのか、与力にまで会いに来たそうだ。長崎屋は大店でいろいろある。いろいろというのは大枚の賄賂《わいろ》のことだ。奉行所の役人たちは世話になっている。賄賂を世話というのはおかしなことだが、まあ、そう言うしかない。だから門前払いというわけにはいかぬ。仕方なく、与力は田端に命じて、長崎屋の話を長々と書き取らせた。それを聞いたわしはふと興味が惹《ひ》かれて、その調べ書を持ってこさせた。目を通すと、何とその中にそちの名が出てきていたのだ」

三

仕方なく季蔵は五平に頼まれてボーロを寿慶院に届けたいきさつを話した。

「ボーロか、耳にした話では、同じ南蛮菓子でもカステイラとは違って、歯ごたえがさくさくした煎餅《せんべい》のようで、これもまた、美味いのだそうな。一つ、二つ、わしに残しておいてくれてもよかったものを」

相変わらず烏谷は食い意地が張っていたが、

「それにしても長崎屋はなぜ、毎年、中秋にボーロなど届けていたのであろうな」

季蔵の顔を覗《のぞ》きこんだ。

「それは――」

季蔵は五平が言っていたのを思い出して、五平の父長崎屋五郎右衛門《ごろうえもん》が孤児だったという話をした。

「ボーロの丸い形を中秋の名月になぞらえたのでしょう」

とも言い添えた。

「本当にそれだけと思うのか」

烏谷は目を細めた。季蔵には、その様子が自分を嘲笑《ちょうしょう》しているかのように感じられた。

「そういえば――」

言いかけて季蔵は口籠《くちご》もった。〝夢さくら〟の元主新兵衛《しんべえ》が、五郎右衛門同様、毎年中秋に届けているというかりんとうの代わりに、亡き娘や妻の晴れ着の入った長持ちを寄こしてきたことを思い出したのである。また、今年は作ることができなかったと新兵衛が文で詫《わ》びていたかりんとうが、なぜか、届けられ、毒入りだったことも――。

ただし、これについては、念のためにと、新兵衛に確かめてみると、着物を届けたことは認めたが、かりんとうなど作った覚えはないときっぱりと言い切った。

「こんな身体《からだ》でかりんとうを揚げることとなんぞ、できはしませんよ」

寝たきりに近い新兵衛はそう言って、不自由な足をさすって、

「けど、どうして、そんなことをお訊《たず》ねになるんです?」

病人特有の勘の良さで季蔵に詰め寄った。仕方なく季蔵が毒入りのかりんとうの話をす

ると、

「そんなもんを拵《こしら》えて届ける相手はね、火事を起こして娘や女房を死なせた奴と決まっていますよ」

弱々しかった目を一瞬ぎらりと光らせて、

「〝夢さくら〟新兵衛の名を騙《かた》って毒入りのかりんとうか──」

独り言のようにつぶやき、それきり何を訊ねても答えなかった。

「御奉行は以前、この江戸で奄美《あまみ》の黒砂糖の分配をしきっているのは、〝夢さくら〟の新兵衛さんだとおっしゃいましたね」

「その通りだ」

「白砂糖を仕切っているのは長崎屋さんでしたね」

長崎には唐船が広南、安南《アンナン》産などの白砂糖を運んできていた。

「やっとわかったか」

烏谷はほーっと大きくため息をついて、

「中秋のかりんとうとボーロ、寿慶院に〝夢さくら〟と長崎屋が関わっているのは偶然などではない」

「虎翁ですね」

「そうだ、〝夢さくら〟も長崎屋も長年、柳屋に忠誠を誓ってきたのだ。かりんとうやボーロはその証《あかし》なのだ」

「虎翁が新兵衛さんや五郎右衛門さんたちを束ねて、江戸の黒砂糖、白砂糖両方の分配を決めていたということですね」

「何だ、その顔は？」

知らずと季蔵は不快感を顔に滲《にじ》ませていた。

「虎翁のような人のやることとです。どうせ、菓子折に小判を詰めて差し出す人たちに手厚いに決まっています」

「さて、それはどうかな」

烏谷は首をかしげて見せて、

「一度、当人に直接訊いてみてはどうか」

ふっと笑った。

聞いた季蔵はむっとした表情になった。虎翁とは前に一度会ったことがある。柳屋の唯一の弱点は病であった。〝夢さくら〟の新兵衛同様、一度倒れてから足がきかなくなっているのである。とはいえ、色好みの虎翁は介護にも気に入った相手でないと我慢がならない。豪助《ごうすけ》が片想いしていた茶屋女を見初めた虎翁が、人に頼んで子どももろとも誘拐させ、強引に柳屋の離れに連れ帰っていたことがあった。季蔵はその母子を柳屋から助け出したことがある。虎翁とまみえたのはその折であった。

烏谷は真顔になると、

「そろそろ話してはくれまいかな」

じりっと膝《ひざ》を進めてきた。

「長崎屋五平の話の調べ書には、そちに気がかりなことを頼んだと書かれていた。お花という娘の古井戸での不審な死、元の名はお袖で家のために苦界《くがい》に身を沈めて年季が明けた後、寿慶院で出家し水月尼と名乗っていた再会した幼馴染《おさななじ》みのこと――。なかなか仔細ありげではないか。もしかすると、お花の死と二人の尼僧、新助の死はあながち無縁ではないのではないか」

烏谷の直観はなかなか鋭かった。

「実は――」

心を決めた季蔵は寿慶院で起きた事件の真相を語った。

聞き終わった烏谷はたいして驚いた様子もなく、

「まあ、そんなところではないかと思ってはいた」

ぬけぬけと言い、

「水月尼こと、お袖が口封じされたのは、もう用無しと見なされたからだな。その黒幕こそ真実《まこと》の下手人だ」

と呟《つぶや》いた。

「水月尼は〝夢さくら〟からだと偽って、毒入りのかりんとうを届けてきた相手に操られていたのだと思います。けれども、わからないのは、どうして水月尼にあんな一連の殺しをさせたのかという理由なのです」

「お花は水月尼に唆《そそのか》されて、〝ねずみの死骸《しがい》〟を厨《くりや》の水瓶《みずがめ》に放りこまされていた。誰も気づかずに〝ねずみの死骸〟で汚れた水を飲んでいたら、皆はどうなっていたと思う？」

「腹下しでは済まず、もしかして、疫病に罹《かか》るかもしれません」

「そなたが止めていなければ、子どもたちは毒入りのかりんとうを食べていた」

「とすると、水月尼を操っていた者のねらいは、子どもたちを皆殺しにすることだったのですね――」

季蔵は恐れ戦《おのの》いた。

うなずいた烏谷は、

「しかし、〝ねずみの死骸〟ごときで、全員が死に到《いた》る疫病が必ず起きるわけではなかろう。そのことも真実の下手人はわかっていて、〝ねずみの死骸〟を入れたのがお花だと露見してしまった場合、口封じにお花を古井戸で殺すよう、前もって、水月尼に命じておいたのではないかと思う」

「冷酷な――」

「そうだ、敵は手強《てごわ》い」

烏谷は険しい顔になった。

「賢祥尼殺しも水月尼だが、長きにわたる折檻に耐えかねた啓太が、新助を手先に使って、賢祥尼を殺したように見せかけたのもそいつの指図だ。ただし、これははじめの計画にはなかったものだろう。おそらく水月尼はお花を殺《あや》めるところでも、賢祥尼に見られていたのではないか」

季蔵は賢祥尼が口に出した、水月尼の心は氷のように凍っているという言葉を思いだした。あれは人や男への想《おも》いのことを言ったのではなかったのだ——。

「欲深な賢祥尼は水月尼の弱味をつかんで、さらに搾《しぼ》り取ろうと考えていたのですね。だから、お花のことを明るみに出さなかった——」

「強欲が裏目に出て命を失う羽目になったのだ。真実の下手人にとって賢祥尼の命を奪うのはついでだったはずだから、お花の時、すぐに水月尼を奉行所へ突きだしていたら、あんな目に遭わなかったかもしれない。どのみち、毒入りのかりんとうは届けてられてきただろうが」

「下手人のねらいは子どもたちですからね。けれど、どうして寿慶院の子どもたちなんです？　あの子たちは孤児ですよ。ただでさえ、不幸な子どもたちじゃありませんか。それをこの上——」

季蔵は憤懣《ふんまん》やるかたなかった。

「寿慶院の後ろ盾は虎翁だ」

「敵のねらいは虎翁だと？」

季蔵は驚いて目を瞠《みは》った。

「虎翁は恵まれない子どもたちのために、寿慶院を長年守ってきた。これは人として立派な心がけだ」

「けれども――」

季蔵が賢祥尼の折檻を見逃してきた罪は重いのではないかと反論すると、

「虎翁は寿慶院にかなり気前よく金を出している。これは虎翁からじかに聞いた話だから本当だ。もとより虎翁は江戸の闇《やみ》社会の長だ、これしきのことに嘘《うそ》などつくまいよ。賢祥尼が猫ばばさえしていなければ、あそこの子どもたちは三度の飯を腹いっぱい食えたはずだ」

と先を封じた烏谷は、

「虎翁に女の性根を見る目はない。そなたも知っての通り、あの年まで、女に見てきたのは見目形《みめかたち》の善《よ》し悪《あ》しだけだ。おおかた賢祥尼も若かった頃は、虎翁の眼鏡《めがね》に叶《かな》う美形だったのであろう」

豪快に笑い飛ばし、

「そちは虎翁があそこを巣立って行った子どもたちに、金を返させているのを恩着せがましいと言いたいのかもしれぬが、虎翁は世の中の厳しさと恩返しの大切さを教えているのだ。わしはあながち悪いとは思わぬぞ」

と続けた。

四

「そちは不服かもしれぬが、わしは虎翁の美点の一つは子ども好きなことだと思っている。

それゆえ寿慶院のことは相当こたえている。敵は虎翁の弱味を知っていて、つけこんだのだ」

「虎翁が子ども好き――」

信じられない思いで聞いた季蔵だったが、ふとあることが頭をよぎった。虎翁は気に入った茶屋女を拐《かどわ》かす時、その女の幼い男児も一緒に連れて来させて、子宝に恵まれない息子の虎之助《とらのすけ》の養子にしようとしたのである。その話を知っている烏谷は、季蔵が何を思い出したのか、見当がついたのだろう。

「むろん、相当変わっていて、普通の子ども好きとは言い難いが、あれはあれで虎翁ならではの可愛《かわい》がり方なのだ」

取りなすような物言いをした。

「特に虎翁が贔屓《ひいき》にするのは、男の子で賢い子どもだ。あの時の茶屋女おゆきの倅《せがれ》の平太《へいた》は、きっと賢さを買われて柳屋の跡継ぎに見込まれたのだろう。常日頃から虎翁は血のつながった息子の虎之助が、二代目柳屋の器でないと洩らしていた。柳屋のいいところのもう一つは、決して親馬鹿ではないことだ」

「今日の御奉行様はずいぶん虎翁に肩入れされていますね」

季蔵は軽い皮肉をこめた。

「反対のお立場に立っておられるのでしょうに」

「そうでもないつもりだが」

烏谷はいくぶん間の悪い顔になって、

「そんなことより、真実の下手人の見当をつけなくてはならん」

話を変えようと、一つ、二つ、わざとらしい咳払《せきばら》いをした。

しかし、季蔵にはそれより急ぎたいことがあった。

「長崎屋五平さんは立派な方です。虎翁が見目形で選ぶ庵主なんぞに、子どもたちの世話を任せるより、ずっと頼りになって、子どもたちも幸せになります。御奉行から虎翁に寿慶院から手を引くように頼んではいただけませんか」

と言って、深く頭を下げた。

「どうか、この通りです」

「ふーむ」

烏谷は困った様子になり、

「その話、三、四日、待ってはくれまいか」

とだけ言い、腰を上げた。

約束を守って、烏谷は四日後の夜にやってきた。

「今日は飲むぞ」

離れの座敷に腰を据えた烏谷は好物の酒盗《しゅとう》塩辛で豪快に飲み始めた。

「わしも江戸っ子のはしくれ。塩辛はこれぐらい塩が利いていた方がいい」

などと言いながら手酌でぐいぐいと盃を空けていく。

——はて、何の魂胆か——

まわりくどい腹芸が苦手な季蔵には、烏谷が打ってくる手に皆目見当がつかない。

すると、突然、烏谷は、

「一つ、三題噺《ばなし》と洒落込《しゃれこ》もうか」

と切りだした。烏谷が美食に次いで好きなのは、気儘《きまま》にぶらりと立ち寄る寄席であった。

「そち、寿慶院、〝夢さくら〟の事件、長崎屋五郎右衛門とかけて何と解く?」

三題噺を振ってきた。三題噺とは三つの題を合わせて演じる噺であった。

「どうだ? 答えてみよ」

烏谷はただでさえ大きな目をさらに大きく瞠った。

「黒砂糖を仕切る〝夢さくら〟の新兵衛さん、白砂糖の元締め長崎屋五郎右衛門さんは、虎翁の腹心と言っていい方々です。真実の下手人が物乞いの女を使って、〝夢さくら〟で事件を起こしたのが、新兵衛さんがねらいだったとしたら、そいつが長崎屋の大番頭の矢《や》七《しち》さんに文を送って、主の五郎右衛門さんを殺したのです。目的は新兵衛さん、五郎右衛門さんに代わって力を得るためです。二人とも死ねば黒砂糖、白砂糖の両方を仕切ることができる。そう考えると、真実の下手人は虎翁の近くにいる、菓子屋など砂糖と関わりがあるか、商っている者ということになります」

「なるほど」

「さらに、新兵衛さん、五郎右衛門さんになりかわろうとしている真実の下手人は、病床の虎翁に痛手に与えるために、水月尼を操り、寿慶院の子どもたちをいたぶって皆殺しにしようとしたのです。虎翁が死ねば虎翁の座も手にできると考えているのかもしれません」

「さすが長次郎が見込んだ男、見事な推量だ」

烏谷は目を細めて、

「わしも改めてそちを見込んだぞ」

有無を言わせぬ口調になった。

「昨日、虎翁に会ってきた。柳屋の息子虎之助の嫁、おそめが姿を消している。敵はさらなる脅しをかけてきているのだ。次にねらわれるのは虎之助か、虎翁自身か——。ここは一つ、わしのために働いてくれぬか」

「わたしに柳屋を守れと言うのですか」

正直、季蔵はうなずくことができなかった。

「そうだ。一刻も早く、真実の下手人を探し出して成敗するのだ。虎翁をそちがよく思っていないことは承知している。だが、この江戸の政《まつりごと》と商いに闇がつきものである以上、誰かが仕切らなければ悪事ばかりがまかり通る。闇が深くなって、何も見えなくなるばかりだ。冗談で言うのではない、人は皆、夜、江戸の町を一人で歩けなくなるぞ。だから、虎翁には生きていてもらわねばならぬ」

わかるような気もしたが、やはり、まだ季蔵は返事ができずにいた。

「長次郎はわかってくれていた」

「奥の手を出してきましたね」

「それにそちには機会ができる」

「機会とは？」

「虎翁に会って駆け引きをする機会だ。そちは寿慶院の今後のために、虎翁に寿慶院から手を引かせたがっている」

「そのことなら御奉行にお願いしたはずですが――」

意外な話の展開であった。

「馬鹿を言え。虎翁はわしごときが頼んで、〃はい、そうですか〃と引き下がる輩《やから》ではないぞ。もとより、あれは無理な頼みだ」

この時ほど季蔵は烏谷が狸《たぬき》だと感じたことはなかった。

「どうした、腹が立ったか？」

「いいえ」

これは嘘だったが、

「わたしは真実の下手人を見つけて、虎翁を守るしかない。あなたの企《たく》みは、はじめからそういうことだったのだとわかっただけです」

季蔵は顔を背けてさらりと言ってのけた。

「企みとはちとひどいな」

烏谷は顔をしかめた。

「わかりました。引き受けましょう」

季蔵は烏谷の目を見据えた。

「よく言ってくれた」

烏谷はほっと息をついた。

「ただし、いったい、今更、どういう顔をして虎翁とまみえたものでしょう」

「醍醐味屋新蔵《だいごみやしんぞう》の時のことか――」

烏谷はおかしそうに笑った。

柳屋は熟柿に目がない。庭に美濃から取り寄せた柿の木を植えているほどだったが、実はつくものの、長次郎柿のような美味い熟柿にならない。それで季蔵は、虎翁に囚《とら》われた母子を助け出すために、熟柿作りの名人を騙って柳屋に逗留《とうりゅう》し、なんのかのと理屈をつけ、長持ちに二人を寝かせて柳屋から連れ出し、見事助け出したのであった。その時、〝醍醐味屋新蔵〟を名乗っていたのである。

「それなら大丈夫だ」

烏谷は厚い胸板をどんと叩《たた》いた。

「そちには表と裏の顔があると、虎翁に説明してある。表の顔は料理人、裏ではよろづ請け負い人。あの時、そちは表の顔で柳屋に雇われ、裏では茶屋女おゆきに懸想した大名に頼まれて助け出したと、まあ、作り話を拵えておいた。だから、変わらず、〝醍醐味屋新蔵〟のままでよいのだ。前の時のように、"醍醐味屋新蔵"で柳屋に入りこむのだ。今回は富士見酒の日と決めた」

「富士見酒の日とは？」

上方《かみがた》からの下《くだ》り酒の中でも、遠州灘《えんしゅうなだ》の荒波に揉《も》まれた酒を富士見酒と言った。富士見酒は人気の新酒であった。

「柳屋が毎年今頃やっている、利き酒の会だよ。江戸中の主だった菓子屋の主が集まってくる。その中に真実の下手人がいるはずだ」

「ならばそれまでに真実の下手人が誰なのか、探し当てなければなりませんね」

「その通りだ。だからそちには明日にでも、柳屋へ出向いて虎翁に会ってもらわねばならぬ」

まさか、柳屋ともあろうものが、鳥谷の無理な作り話を真に受けてなどいるはずもなかったが、

「虎翁は承知している。だから安心して会え」

と強く言われると、

「そうですか」

もはや季蔵は相づちを打つしかなかった。

翌日、仕込みを終わらせた季蔵が店を出て、柳屋のある永代橋へ向かおうとすると、

「昨日、夜遅く、長崎屋さんがみえたのよ」

おき玖に声をかけられた。

「烏谷様がみえていたので、来客中だと伝えたら、あたしでもいい、話がしたいとおっしゃったんで、お相手をして店で冷や酒を飲んでもらったの。水月尼さん、お袖さんのお話だったわ」

五

「五平さん、よほど想っていたのね。まだ悲しくて辛くてたまらない風でしたもの——」

「そうでしたか」

五平が水月尼の正体を知ったら、どう思うものかと季蔵は考えた。幼い頃、机を並べて手習いしたことがあるだけで、すでに別の世界に生きていた相手と思い切り、すっぱりと忘れることができるのだろうか。そうだとしたら、本当のことを教えるべきではないかという気がする。

——しかし、五平さんがずっと想い続けてきた清らかだった水月尼が、どうして、あのような残酷無比な夜叉《やしゃ》になどなったのか——

ふとそんな疑問も頭をもたげてきた。

——お袖の水月尼は孤児でこそなかったが、家が傾いてからは苦労が絶えなかった。そんな思いをした者が、平気で自分と境遇の似ているお花を手にかけることができたとしたら——

不意にあの時、水月尼に届けられてきていたかもじの包みが思い出されて、季蔵は以前から胸にあったもやもやを心の中で言葉にしてみた。

——あのかもじは町娘に化けて寺を抜け出すためではなく、水月尼が女に戻るためのものだった。そう相手と約束していたに違いない。真実の下手人は水月尼の想い人だった。水月尼は巧みに操られていたのだ——

季蔵は水月尼をはじめて哀れと感じた。そして、改めて真実の下手人を憎いと思った。

——やはり、これは五平さんに伝えるわけにはいかない。五平さんは水月尼の末路が哀れすぎると、さらに自分を責めるだろうから——

季蔵は柳屋の前に立った。間口が狭く、看板も目立つ大きさではなかった。一見は、うっかりすると通りすぎてしまいかねない、小さな商いに見える。しかし、ここには虎翁が君臨していて、間違いなく、世の中を闇の世界から動かしているのだった。

以前、訪れた時は身震いが出たが、今回は平静だった。鰻《うなぎ》の寝床のように、奥へ奥へと、虎翁の隠居所まで続いている長い廊下を歩くのは二度目である。

かつて、季蔵が虎翁に囲われていた母と子を助け出した経緯は、虎翁だけではなく、息子の虎之助も使用人たちも知っているはずである。それゆえ、どう振る舞ったものかという戸惑いはあったが、

——闇社会の怪物に危機が迫っている。柳屋も所詮《しょせん》は人なのだ。老いて不自由な身でも

ある。不死身の怪物ならわたしを雇って、守らせようなどとはしないだろう――
恐れはなかった。

「これはこれは」

番頭の忠助《ちゅうすけ》がぺこぺこと頭を下げて出迎えた。

中年者の忠助は愛想笑いが顔に貼《は》りついている。しかし、愛想笑いの中に沈んでいる小さな目は、常にせわしく動いて、相手のどんな所作をも見逃すまいとしていた。油断のならない、したたかな男である。

「よくいらしてくださいました」

柳屋の裏稼業で鍛えられた忠助は、誰に対しても言葉遣いが丁寧である。

「醍醐味屋新蔵様でございましたね。その節はお世話になりました」

忠助はさらりと言ってのけた。

季蔵が言葉を失っていると、

「おかげであの折は、美味しい熟柿をお相伴させていただきました。あなた様のおかげでございますよ」

と言って微笑《ほほえ》んだが、小さな目の動きは止まってはいなかった。

「離れで大旦那様がお待ちでございます」

「わかりました」

季蔵は案内を断って、くねくねと続いている、暗くて狭い廊下を歩き進んだ。途中、襖《ふすま》

ががらりと開いて、刀を抜いた浪人姿の男たちが飛び出してきたが、

「わたしは醍醐味屋新蔵、大旦那様のお目通りの約束で伺った者です」

と季蔵が言い切ると、用心棒の一人は、

「本当か？　匕首《あいくち》など呑《の》んではおるまいな」

じろじろと季蔵をねめつけるように見据えたが、

「この通り」

季蔵は懐をくつろげ、両袖を振って見せた。

「わたくし風情が嘘などついて、手練《てだ》れの皆様の前を通れましょうか」

「ま、いいだろう。怪しい者ではあるまい」

一緒にいた仲間を促して部屋へと入ってしまった。

虎翁の部屋の前まで来た。ちょうど庭の鹿威《ししおど》しがぽんと音をたてる寸前で、季蔵はしばしその音が止《や》むのを待った。

「醍醐味屋新蔵でございます」

そう言って、襖を開けると、金糸銀糸の夜具に包まれて病臥《びょうが》している白い頭が見えた。そばには、一瞬、自分が救い出した茶屋女おゆきがいるのではないかと思われるほど、面差しの似た若い色白の娘が控えている。

――目の前に座っている娘が、おゆきがそうだったように意に染まぬつとめをしているのでなければよいが――

知らずと季蔵は険のある目を虎翁に向けていた。布団の上に起き上がった虎翁は、

「来たか――」

一言口にした。以前よりも顔の皺《しわ》が増え、一回りも縮んだように見えた。季蔵は虎翁なりに子ども好きで、寿慶院のことが相当こたえているのだという烏谷の話を思い出した。

そばの娘が畳んであった羽織をさっと虎翁に着せかけた。

「この娘はおゆきという名だ。わしがつけた」

「大旦那様のお世話をさせていただいております、おゆきでございます」

おゆきは丁寧に挨拶《あいさつ》をした。そのおゆきに、

「近くへ来い」

命じられておゆきは虎翁のそばへと膝を進めた。

「もっと近くだ」

おゆきが中腰になりかかると、虎翁はいきなりその胸元に手を入れた。

「あっ」

おゆきは短く叫んで顔を赤らめたものの、されるままになっている。

おゆきの胸元から手を抜いた虎翁は、

「どうだ、いい気持ちであったろう」

相づちをもとめられたおゆきは、

「は、はい」

、項《うなじ》まで赤く染めて下を向いた。

「おまえが逃がしたおゆきも同じように喜ばせてやっていたものを——。全く、余計なことをしてくれたものだ」

虎翁は鋭い眼光で季蔵を見据えた。

「わたしは慈しみあっている母子が、離れ離れに暮らすことがないようにしたかっただけです」

季蔵はたじろがなかった。

「まあ、よかろう」

虎翁はおゆきを厨へと追いやった。

「熟柿がまだ出来ていないか、厨へ行って虎之助に訊いてくるのだ」

大人しくうなずいておゆきが部屋を出て行くと、

「話は奉行から聞いている。わしをねらっている下手人の目星はもうついているのだろうな」

急に声をひそめた。

「目星などついてはおりませんよ」

「何も摑《つか》んではいないということか」

「はい、左様で」

「嘘を言うな」

虎翁はかっとなって赤い目を剝《む》いた。

「話が違う」

「御奉行様はどう申されたかわかりませんが、わたしは、ただあなたを守るように、とだけ言われてまいったまでです。下手人探しまではとても——。それに、ここには手練れの用心棒たちが雇われています。御奉行様は何か思い違いをされたのではないかと、今、首をかしげかけていたところでした」

「あの者たちにあるのは腕だけだ。頭がない。そんなことではわしの命は守れない」

「まさか、そのようなことは——」

「いい加減に話を躱《かわ》すのは止めろ。いいか、わしと奉行とは昨日、今日のつきあいではないのだぞ。烏谷は頼りになる男だ。烏谷がよこしてきた男が使えぬはずがない。言ってみろ、何が望みだ」

「ならば申し上げましょう」

季蔵は用意していた話をした。

「要はわしに寿慶院から手を引けということだな」

案じていた通り、虎翁はまた目を剝いた。

「差し出がましいことだぞ」

「わかっております」

「わしよりもふさわしい者がいるというのは、わしがふさわしくないということでもある。

よりによって、このわしをつかまえて説教をたれる気か」

「そうお思いになるのでしたら、致し方ございません」

季蔵は取り繕《つくろ》わなかった。

「だが、おまえはわしが〝うん〟と言わなければ、下手人を突き止めて、わしを守る気はない。そう言っているのだな」

念を押した虎翁に季蔵は黙ってうなずいた。

六

「そうか」

虎翁の落ちくぼんだ目がふっと優しく笑った。

「おまえも変わったな」

「左様でしょうか」

「烏谷の仕込みがいいのだろう。ひよひよしていた以前とは比べものにならない。肝が座ってきた。仕事ができる男の顔だ」

虎翁はまじまじと季蔵を見つめた。

――隠れ者の仕事に手を染めたせいだろうか――

未《いま》だ季蔵には時折、こんな仕事をしていいのかという已の生き方への迷いがある。しかし、虎翁は、

「わしは頼りなげだった若い連中が、研いだばかりの刀のような、切れ味のいい冴えた男に育つのを見守るのが好きだ」

と更に季蔵の目を見つめた。

「わかった。寿慶院の人殺しを探し出して、わしを守ってくれたあかつきには、寿慶院から身を退くと約束しよう」

「確かでございますね」

「わしも元は武士だぞ。二言はない」

怒った虎翁は大声になった。

「では、わたしも命に代えてもあなたを守ると誓います。一つ、お訊ねしたいのは、行方が知れなくなったという、ご子息虎之助様のお内儀のことなのですが」

「おそめのことか」

「はい」

「おそめのことなどわしは知らん。滅多に顔を合わせることがないからな。いなくなったというのを耳にしたのはつい、何日か前のことだ。訊きたいのなら、虎之助に訊いてくれ」

虎翁はうるさそうに答えると、

「おゆき、おゆき、おゆきはまだか」

一層、雷のような大声をあげた。

部屋を出た季蔵は厨へと向かった。勝手はわかっている。途中、熟柿を盆に載せて厨から出てきたおゆきとすれちがった。

「若旦那様はいらっしゃいましたか」

「いいえ、仕事場においでと聞きました」

「仕事場?」

「わたしはここへ来てまだ日が浅く、見せていただいたことはないのですが、お菓子を作っておられると——」

「そうでしたね」

柳屋の店先にはごく少ない品数が、申し訳程度に並べられているにすぎない。それで、よもや、自分のところで、作ってなどいるはずはないと思いこんでいたのである。

季蔵は一旦、店先に戻って、忠助に虎之助の居る仕事場へと案内してもらうことにした。

忠助は、

「大旦那様のお許しはございましょうね」

目をぱちぱちさせて念を押してきた。

「もちろんです」

季蔵は微笑んだ。

仕事場では襷《たすき》がけの虎之助が大きなへらで鍋《なべ》を掻《か》き回していた。

季蔵が挨拶をすると、

「話は聞いています。父がお世話をおかけいたします」

虎之助は一瞬、手を止め、丁寧に頭を下げた。痩《や》せぎすで優しい顔立ちの虎之助は、おだやかな声音まで虎翁とはまるで似ていない。三十半ばを過ぎているというのに、若く、二十四、五にしか見えなかった。

いつまでも無垢《むく》な少年のように見えるわが息子に、虎翁は失望しているのではないかとふと、季蔵は思った。

虎之助の仕事場には先客が居た。

「新杵屋の主有平《あるへい》と申します」

と名乗った。中肉中背のどこと言って特徴のない中年者であった。

新杵屋といえば、寿慶院の啓太が丁稚《でっち》奉公にあがることになっている、新興の菓子問屋であった。飴《あめ》売りから一代で身を起こし、金鍔《きんつば》、饅頭《まんじゅう》などの薄利多売を旨としてのしあがり、今では〝新杵屋〟といえば、知らぬ者はないほどの人気であった。

「いなくなったお内儀のことでお訊きしたいことがあるのですが――」

季蔵が切り出すと、

「それでは、わたしは」

と帰ろうとする新杵屋に、

「どうか、あなたもいらしてください」

虎之助が引き止め、新杵屋はその場に止《とど》まった。

「いなくなられたのはいつのことですか」

「二月の涅槃会《ねはんえ》の頃だったと思います。おそめは信心深い性質《たち》で、菩提寺《ぼだいじ》へ参ると言って出て行ったきり――。おそらくわたしに愛想をつかしてのことでしょう」

「いつもわたしが申し上げてるように、これはきっと、言うに言えないわけがあってのことですよ」

新杵屋が慰めた。

「どうしてそうだと？」

季蔵の言葉に虎之助は右手をへらから離し懐から文を出した。渡された文には女文字で〝探さないでほしい〟と一言書かれていた。

「おそめさんのお実家《さと》には？」

「品川の宿屋です。確かめてみましたが帰ってはおりません。おそめとわたしは前からしっくりいっていませんでしたから。おそめは男ができて、どこぞへ逃げたのだと思います」

「おそめさんは寺に居るかもしれませんよ」

季蔵は文を鼻にかざした。

「線香の匂《にお》いが染みています」

「それなら、なおさら、戻ってなど来てはくれません」

そう言って、虎之助は季蔵から文を取り戻すと、大事そうに懐にしまった。

「もう、この話はこれぐらいにしてください。虎之助さんが可哀想《かわいそう》です。今でもおそめさんに想いがあるんですから」

　新杵屋は小さく手を合わせた。

「申しわけありませんでした」

　季蔵は詫びて話を変えた。

「よい匂いがしてきました」

　鍋から甘い匂いがたちこめてきていた。

「鍋の中身は黒砂糖と水飴ですね」

　小麦の麦芽を使って餅米《もちごめ》で作る水飴には、特有の豊かな風味がある。

　新杵屋がまだ居座るつもりかと、季蔵はややうんざりした顔になったが、

「黒飴を作っているところです」

　虎之助に代わって新杵屋が答えた。虎之助は額に汗を滲ませている。黒砂糖と水飴が煮詰まってくると、

「虎之助さんがどうしても、飴の修業をしたいというので、こうして、日を決めて教えさせていただいているのです。虎翁には余計なことをするなと叱《しか》られそうですが」

　黒砂糖と水飴が煮詰まってくると、虎之助は箸《はし》で少量をとると水に落として固まり具合を確かめた後、鍋ごと冷水で冷やしはじめた。

「ここからが肝心です」

虎之助は餅粉をはたいた俎板《まないた》にほどよく冷めた鍋の中身を移すと、どろりとした餅粉まみれの固まりを俎板から引き剝《は》がす。

「飴を引くとも言いましてね。これでもう、飴が俎板に付くこともなくなるんです」

次には飴がぎゅっと引き延ばされたり、折畳まれたりが繰り返される。次第に黒い絹糸のようなつやつやした光沢が出てきた。虎之助の手首の捻《ひね》りは巧みで、申し分のない飴職人の技であった。

「あとは鋏《はさみ》で切り分けるだけです。虎之助さんの仕事はご覧のように立派なもので、もう、わたしには教えることなどありはしないのです。むしろ、わたしの方に教わることなどあって——」

「お一つ、いかがです」

うれしそうな顔の虎之助は、飴を切り分けて季蔵に渡してくれた。

「美味しいですね」

まだ飴にはぬくもりがあった。そのぬくもりが虎之助の手のぬくもりのようにも感じられる。

「本当にお上手ですね」

「虎之助さんはほかのものも、菓子なら何でもお上手ですよ」

新杵屋はしきりに持ち上げた。

「お得意はどんなものですか」

季蔵は訊いてみた。

「安くて美味い黒砂糖が贔屓なので、羊羹《ようかん》なども黒砂糖を使ったものを――」

「ところで、かりんとうはいかがです？」

季蔵の問いに虎之助は顔色を変えた。

「それは――。寿慶院の子どもたちにあんなことがあってからは、とても作る気にはなれません」

虎之助は目を伏せ、新杵屋はもう、やめて欲しいという合図のこほんという咳をした。

「いずれは手作りの飴なども、柳屋の店頭に並べるのでしょう？」

季蔵は無難な話に変えた。

「いいえ、どうせ、父は許してくれませんから」

虎之助は顔こそ上げたが、しょんぼりしている。

「祖父の代までは菓子を作っていましたが、父は作ったことなど一度もありません。柳屋の菓子は作るものではなく、どこぞから買って並べるもの、味は普通でよいというのが父の信条ですから」

「それは残念ですね」

「仕方ありません」

虎之助はまた下を向いた。

「虎之助さんは黒飴だけではなく、肉桂《にっけい》や薄荷《はっか》などが入っていて薬効がありながら、薬臭くなく、美味しい飴を作って売りたいと考えておいでなのです。わたしもそれはよく売れると思って、できたらうちの店に置かしてもらうつもりでいます。なに、そうなれば、そのうち虎翁の気も変わりますよ。虎之助さん、もう少しの辛抱です。頑張ってください」

新杵屋は、虎之助を励まして帰って行った。

「よいお友達ですね」

「新杵屋さんはわたしと同い年なのですが、大変な苦労の末、今のようになられた方で父のお気に入りなのですよ。父は本当はわたしに菓子作りなどさせたくはないのでしょうが、師匠が新杵屋さんだということで、渋々許してくれているのです。飴作りのほかにも、いろいろ学ぶところがあるだろうからと——」

なるほどと季蔵は思った。親馬鹿でこそないが、血を分けた息子のためなら、たとえ虎翁でも人を信じて頼ることもあるのだろう。

七

柳屋に出向いて行った翌日の昼下がり、季蔵は〝夢さくら〟の新兵衛に呼ばれた。

出迎えたのは元は番頭の仙吉《せんきち》だった。

「ご隠居様はうちからだと偽って、寿慶院に届けられたというかりんとうに、毒が入っていると聞いてたいそう口惜しがり、何としても、毎年届ける美味しいかりんとうを作って届けるときかずに、昨日は一日、かかりきりでした」

と新しい主は事情を説明し始めた。

「塩梅屋さんに味見をしてもらって、寿慶院に届けてほしいそうです。季蔵さんのことを信頼しているのですよ」

「お身体の方はよろしいのですか」

「お医者様は厨になど立っていられる身体ではないとおっしゃっています。止めたのですが、これだけは済ませないと冥途《めいど》に行っても、お内儀さんやお嬢様方に合わす顔がないと言い張って――。厨で作り終えると、ぴんと張り詰めていた糸でも切れたかのように、倒れてしまいました。皆でお部屋へお運びしたのです」

新兵衛は離れで床に臥《ふ》していた。身体に掛かっている夜着が揺れている。胸と腹で荒い呼吸を続けていた。

「〝塩梅屋〟でございます」

季蔵が声をかけても、

「来てくださったか」

枕《まくら》から頭を上げようとしたが叶わなかった。

「どうか、そのままで」

「かりんとうのことは仙吉から聞いてくださったな」

「はい、間違いなく寿慶院へお届けいたします。ご安心ください」

かりんとうの入った大きな袋が新兵衛の枕元に置かれている。

「油に馴染んだ黒砂糖のよい香りがしますね」

かりんとうは水と重曹を加えて練った小麦粉を伸ばして、人差し指ほどの大きさに切り割り、油で揚げて黒蜜《くろみつ》でからめて作る菓子であった。

「たしかに黒砂糖は独特のえぐみがあって、毒を混ぜやすい。だが、それだからと言って、毒を混ぜて子どもを殺そうとするとは許しがたい。美味いかりんとうを作り届けて、せめて悪い心根の者に汚された黒砂糖を清めてやりたかった」

長い間、江戸の黒砂糖の元締めをつとめてきた新兵衛らしい言葉だった。

「そのかりんとうのお話、どこかでどなたかになさったことはございませんか」

「それは――」

新兵衛は疲れた様子で目を閉じた。

「今はくわしくは申せませんが、思い出してくだされば、お内儀さん、お嬢様お二人を死なせた真実の下手人を捕らえることができるかもしれません」

「本当か」

目を見開くように開けた新兵衛は、しばらく思い出しかねていたが、はっと思い当たったのか、

「たしか柳屋で」

と居合わせた人たちの名を口にした。

「仙吉に言って、残してあるかりんとうを仏壇に供えるよう伝えてはくださらんか」

しきりに目をしばたたかせた。

〝夢さくら〟を出た季蔵は木原店《きはらだな》に戻ると、三吉に奉行所の烏谷まで文を届けさせた。

夜も更けて〝塩梅屋〟の離れにやってきた烏谷は、

「おそめがいなくなったのと、〝夢さくら〟に付け火した女の物乞いが死んだのとが、同じ頃だということはわかった。そちが気にかかっていたのはこのことか」

涅槃会の頃に土左衛門で上がった女についての調べ書と龍の根付けを、懐から出してぽんと季蔵の前に置いた。

「まずは、女の物乞いは高価な男物の根付けを手にしていたと書かれていますね」

季蔵は象牙《ぞうげ》でできている龍の根付けを手に取った。

「そのようだ。盗んだか、恵んでもらったかしたものだろうということになって、特に詮議はしなかった」

「女が柳屋の嫁のおそめで、一緒に居たという、旅人風に笠《かさ》を被《かぶ》った女が水月尼だとしたら、男物の根付けの持ち主は真実の下手人で、二人の女を操っていたことになります」

「おおよそ、絞られてはきている。だが、それだけではまだ、その者が真実の下手人だという証にはならぬ。しかし、もうすぐだ、もうすぐはっきりする。必ず、そやつは尻尾《しっぽ》を出すはずだ。始末をつけねばならぬ。いいな。ぬかってはならぬぞ」

烏谷は怒号のような声を出した。

富士見酒を楽しむ一時はそれからほどなく訪れた。初雪が舞うのではないかと思われるほど寒い日の午後であった。

「楽しむのは新酒の方で、料理ではないそうだから、毎年、仕出しを頼んでいるとのことで、そなたの料理は得意な豆腐料理の一品でよいと聞いている。虎翁は熟柿と同じぐらい豆腐が好きなのだ」

と烏谷から指示されている。

季蔵はこおり豆腐を作ることに決めた。こおりを〝玲瓏《れいろう》〟と書く典雅なこおり豆腐は、丸い形に型抜きした豆腐を四角の流し缶に入れ、寒天を流して冷やし固めたものであった。缶から出すと雲に隠れた満月のようであった。ねり辛子と酢醤油《すじょうゆ》をかければ酒の肴《さかな》になり、黒蜜にすれば菓子にもなる。聞くところによれば、黒砂糖を使った黒蜜は虎翁の大好物であった。迷うことなく、季蔵はこおり豆腐を菓子にして勧めることにした。

もとより、これには魂胆があった。

当日、季蔵は虎之助の許しを得て、飴などの菓子を作る仕事場でこれを作った。ここならば、厨と違って、人の出入りはほとんどなかった。真実の下手人が用意してある黒蜜に毒を入れる機会ができる。

人数分の流し缶に寒天を注ぎ終わった後、小鍋に水と黒砂糖を合わせて火にかけた。

――よい匂いだ。きっと相手も嗅《か》ぎつけてくるだろう――

綺麗《きれい》に溶けたところで火から下ろすと、冷水の入った桶《おけ》に浸す。

その後、季蔵は仕事場から一度出て、厨へ顔を出し、

「終わりました。固まるまでしばらく休ませてもらいます、と若旦那様に伝えておいていただけますか。お願いいたします」

と頼み、同じことを廊下ですれちがった忠助にも繰り返した。

「若旦那様は新杵屋さんたちとご一緒に客間においでですが――」

「是非、伝えておいてください」

そう言い終えると季蔵は裏庭へと回った。仕事場は裏庭に面している。からたちの茂みがあって、季蔵はそこに、まずは身を隠した。前もって仕事場の板戸のへりには、軋《きし》んで音が立たないよう、入念に蠟《ろう》を塗ってある。季蔵はそろそろとからたちの茂みから出ると、仕事場の板戸に貼りつくように、すでに開けてある板戸の僅《わず》かな隙間《すきま》に顔を寄せ、目で塞《ふさ》いだ。

思った通り、男が入ってきた。部屋の中を注意深く見回した後、右袖から赤い薬の包みを取りだした。黒蜜の鍋のある桶へと歩いて行く。素早く包みを開くと鍋の中へとぱらぱらと払い入れた。

しかし、これだけでは済まなかった。包みはまだあった。辛子の鉢や酢醤油の瓶の中へと、次々に毒が入れられていく。最後には、まだ固まっていない豆腐と寒天の中にも振り入れられた。

——虎翁の気が変わって豆腐に黒蜜をかけずに、酒の肴としても、また、何もかけずに一口だけ食べただけでも、仕損じないためなのだろうが、虎翁さえ殺せれば、ほかの者が何人巻き添えになってもかまわないということなのか。権力を望む欲とはこうも強いものか——

季蔵はぞっと背筋が凍りついた。

——それでも、やはり、確かめよう——

季蔵はそっと板戸を引いた。音はしない。相手はまだ赤い紙を手にして、一心不乱に豆腐や寒天に振りかけている。季蔵が背後に回っているのに気がつかない。

季蔵は烏谷に頼んで貸してもらっていた、龍の根付けを左手に持った。そして相手の肩越しに目の前に突きだした。

「これは贅を尽くした細工物だ」

相手は肩をぎくりと震わせた。

「店の者に訊いたら、あんたの干支《えと》は辰だそうだ。それでちなんだんだね、新杵屋さん」

男が振り返った。

もう、赤い紙は手にしていなかった。代わりに握った匕首を、力いっぱい突きだしてきた。一瞬、刺されたかに見えた季蔵だったが、匕首を手にしたまま、どっと倒れたのは新杵屋有平であった。季蔵の手にも長次郎の遺品の匕首が光っていた。

「おわったな」

客人の一人として訪れていた烏谷が、廊下で声をかけてきた。

「こちらも終わった」

季蔵が仕事場の引き戸を開けると、

「たった今、虎之助が虎翁を刺し殺して、自分も死んだ。書き置きがあった。新杵屋と結んで虎翁を亡き者にし、砂糖の利権など、今ある虎翁の力を自分たちのものにしようとしたいきさつが書かれていた。憎いのは生まれてからこのかた、自分を認めてくれたことのない父親一人で、新杵屋との行きがかりとはいえ、何の罪もない子どもたちや二人の女まで死なす成り行きになったことを、深く悔いていた。新杵屋は岡場所で馴染みになった水月尼を思い通りに操った上、毒入りのかりんとうで殺した。また、日頃から虎之助の不甲斐《ふがい》なさに嫌気がさしていたおそめに言い寄って、物乞いの形《なり》で付け火をさせた後、旅姿の水月尼に口封じを命じたのだ。虎之助は女房が企みにかかわったことは一切知らなかった。長崎屋の大番頭矢七に文を送って、恩ある主に牙《きば》を剝かせたのも新杵屋の仕業だ。もちろん、水月尼に賢祥尼を殺させたのも寿慶院に毒入りのかりんとうを届けたのも新杵屋だった。虎之助は虎翁へのわだかまった思いも綴《つづ》っていた。色好みで横暴な虎翁は、舅姑《きゅうこ》が他界するのを待ち兼ねたように、妾《めかけ》を入れ替わり立ち替わり家に住まわせて、そのため、家付き娘の虎之助の母親は心労が祟《たた》り、若死にしたのだそうだ。恨みはそればかりではなく、虎之助は虎翁を幼い頃から、やることなすこと、飴作りを含めて、何一つ認めてくれない、鬼のような父親だと思いこんでいた」

「虎翁も鬼ではなかったはずです」

季蔵は虎翁の優しかった目を思い出していた。

「しかし、当の虎之助がそう感じていなかったのだから仕方がない。虎之助は父虎翁への憤懣やる方ない気持ちを、新杵屋を信じて話してしまった。そして新杵屋は巧みにこの親子の深い溝につけこんで、自分が虎翁になりかわる企みを考えついた。虎之助は最後に、極悪非道な新杵屋などに、わかってもらいたいと思った自分が甘かった、つい新杵屋の口車に乗ったわが身が愚かすぎた、もう、これ以上の殺しはたくさんだと書いていた。権力に目が眩《くら》んだ新杵屋が、今宵、集まってきた人たちを虎翁ともども皆殺しにするとわかって、虎之助は先手を打ったのだ。新杵屋の殺しを止める手段はこれしかなく、自身の父親への想いにつける決着もまた、これしかないと思い詰めたのだろう」

烏谷は悲痛な表情で語った。

「父親を手にかけた虎之助さんは、新杵屋が生きて、虎翁の座に座ったら、そのための殺しはせずとも、この先、悪事の限りを尽くすとは考えなかったのでしょうか」

「虎之助では、そこまでは考えが及ばなかったにちがいない。大事に育てられすぎて無垢な人柄であったからな。それゆえ、虎翁はわが子でありながら、虎之助に自分の座を譲ることを躊躇《ちゅうちょ》していたのであろう。この結末は暗い。そして、これで江戸の闇はますます深くなる」

と続けた。

この惨事は権勢欲の虜《とりこ》になって我を忘れた新杵屋が、出し抜けに虎翁に襲いかかって斬《き》り殺し、これを止めようとした虎之助と相打ちになって、双方ともに果てたということで、烏谷は始末をつけた。柳屋は看板を下ろした。新杵屋が取り潰《つぶ》しになったことは言うまでもない。

〝夢さくら〟の新兵衛は季蔵から真相の一部始終を聞いて、ほどなく永遠の眠りについた。寿慶院は虎翁に代わって、長崎屋五平が支えることとなり、啓太は奉公に出ず、勉学に勤《いそ》しむこととなった。

「この暮に、五平さん、子どもたちと餅つきをしたんですって。たくさんの子のおとっつあんになった気分だって言って、とってもうれしそうだったわ。お正月には特別に噺を聴かせるんですって。明るくなってよかったわ」

大晦日《おおみそか》のおき玖の言葉に、

「それはよかった」

季蔵は相づちを打った。

水月尼の正体は生涯明かさぬつもりである。

ごーん

ごーん

今年は除夜の鐘の音が重かった。

本書は時代小説文庫（ハルキ文庫）の書き下ろし作品です。

時代小説文庫
わ 1-4

あおば鰹《がつお》 料《りょう》理《り》人《にん》季蔵《としぞう》捕物控《とりものひかえ》

著者 和《わ》田《だ》はつ子《こ》

2008年6月18日第一刷発行
2010年1月18日第三刷発行

発行者 角川春樹

発行所 株式会社 角川春樹事務所
〒101-0051 東京都千代田区神田神保町3-27 二葉第1ビル

電話 03(3263)5247[編集] 03(3263)5881[営業]

印刷・製本 中央精版印刷株式会社

フォーマット・デザイン＆シンボルマーク 芦澤泰偉

ISBN978-4-7584-3352-5 C0193
http://www.kadokawaharuki.co.jp/[営業]
fanmail@kadokawaharuki.co.jp[編集] ご意見・ご感想をお寄せください。

時代小説文庫

和田はつ子

お宝食積《くいつみ》

料理人季蔵捕物控

書き下ろし

日本橋にある一膳飯屋〝塩梅屋〟では、季蔵とおき玖が、お正月の飾り物である食積の準備に余念がなかった。食積は、あられの他、海の幸山の幸に、柏や裏白の葉を添えるのだ。そんなある日、季蔵を兄と慕う豪助から「近所に住む船宿の主人を殺した犯人を捕まえたい」と相談される。一方、塩梅屋の食積に添えた裏白の葉の間に、ご禁制の貝玉(真珠)が見つかった。一体誰が何の目的で、隠したのか!? 義理と人情の人気捕物帖シリーズ、第四弾。

和田はつ子

旅うなぎ

料理人季蔵捕物控

書き下ろし

日本橋にある一膳飯屋〝塩梅屋〟で毎年恒例の〝筍尽くし〟料理が始まった日、見知らぬ浪人者がふらりと店に入ってきた。病妻のためにと〝筍の田楽〟を土産にいそいそと帰っていったが、次の日、怖い顔をして再びやってきた。浪人の態度に、季蔵たちは不審なものを感じるが……(第一話「想い筍」)。他に「早水無月」「鯛供養」「旅うなぎ」全四話を収録。美味しい料理に義理と人情が息づく大人気捕物帖シリーズ、待望の第五弾。